# リバース

逆転、裏切り、予想外の
「もうひとつの物語」

染谷果子
萩原弓佳
共著

PHP

# プロローグ prologue

**H** この本のタイトルの「リバース」とは、英語で〝reverse〟、「逆《ぎゃく》」「反転」という意味です。ふたりの作家が「ひとつの物語をそれぞれ逆《ぎゃく》の立場から書いてみよう」と思い立って、できあがりました。

**S** どちらが先に書くと決まっているわけでもなくて、ふたりで話し合ったり合わなかったり、それぞれの感覚で書いた物語が、ふたつで一セットになっています。
Hさん、書いてみてどうでした？

**H** Sさんの書く物語はこちらの予想と全然ちがっていて、びっくりしたり、とまどったり、けっこうスリルがありました。

**S** できあがってみると、ふたつの物語は「真逆《まぎゃく》」や「反転した表と裏《うら》」だけではなく、「逆《ぎゃく》というより、ななめ上？」「反転というより半転？」というものもあり……。

**H** この本での「逆《ぎゃく》」「反転」には、広い意味で、ななめ上も半転もプラスされているってことですよ。そもそも、この世に起こったできごとの「逆《ぎゃく》」や「反転」がひとつとは限《かぎ》りません。何通りもの「逆《ぎゃく》」や「反転」があるってことです。ね？

**S** たとえば「カレー」と聞いた時に、ビーフカレー、チキンカレー、キーマカレーと、みんなが思《おも》い浮《う》かべるカレーがひとつではないってことと、似《に》ていますよね。

**H** わたしはグリーンカレーがいちばん好きです。

**S** わたしの好みは、スパイシーかつフルーティーなカレー。
今、わたしの口の中に広がった味は、Hさんの口の中に広がった味と同じかしら？
この本を開いてくれた、あなたの口の中に広がったカレーの味は？

**H** この本の、それぞれの「ひとつ目の物語」を読んで、あなたはどんな「もうひとつの物語」を想像《そうぞう》するでしょう？

**S** もうひとつの物語＝other side《アザーサイド》は、想像《そうぞう》通りでしょうか？　ちがうでしょうか？

**H** ぜひぜひ、じっくり味わってお読みください。

# もくじ

contents

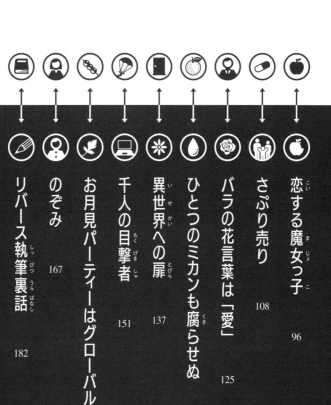

# ハンコください

ジャリーン銀河《ぎんが》・ポポペ星のタルルンは、惑星間《わくせいかん》スタンプラリー「スペーススタンプラリーXQ《エックスキュー》30」に参加していた。

惑星《わくせい》をまわってスタンプを集めると、高性能宇宙船《こうせいのううちゅうせん》や、好きな惑星《わくせい》への移住権《いじゅうけん》など、さまざまな豪華《ごうか》プレゼントがもらえる人気のスタンプラリーである。

タルルンはこれまで、宇宙船《うちゅうせん》より大きな竜《りゅう》から、足跡《あしあと》をスタンプとして押《お》してもらったり、砂漠《さばく》の惑星《わくせい》で肉体をもたない意識体《いしきたい》から電子スタンプを送信してもらったり、難《むずか》しい条件《じょうけん》を次々《つぎつぎ》クリアしてスタンプをゲットしてきた。

「次の目的地は……【天の川銀河《ぎんが》　太陽系《たいようけい》　第三惑星《わくせい》　地球】だな」

タルルンは、目的地を宇宙船《うちゅうせん》のスクリーンに映《うつ》し出《だ》した。

青くかがやく惑星《わくせい》が見える。

「きれいだな。なになに？　この惑星《わくせい》では【北緯《ほくい》35度、東経《とうけい》135度付近に存在《そんざい》する文《ぶん》化圏《かけん》で、紙のシートにスタンプをもらう】か……」

タルルンは、地球の衛星《えいせい》である月の裏側《うらがわ》に宇宙船《うちゅうせん》を止め、大気圏突入用《たいきけんとつにゅうよう》ミニシップで目的の大地に降《お》り立《た》った。

スタンプラリー参加キットから「紙」を取り出して、ミニシップから出る。

「ハンコください」

翻訳機《ほんやくき》の言葉に合わせて紙を差し出したタルルンを見て、地球人たちはいっせいに逃《に》げ出《だ》した。

「ぎゃぁぁぁぁぁ――――」

「宇宙人《うちゅうじん》よぉぉぉ――――。全身ヌルヌル！　ツルツル！」

「異星人《いせいじん》！　未確認《みかくにん》生物！　おばけ――！」

逃《に》げ惑《まど》う人々《ひとびと》の必死の形相《ぎょうそう》を見て、タルルンは自分の作戦が失敗したことを察し、ミニシップに逃《に》げ帰《かえ》った。

「おっと、この星はまだ他の惑星《わくせい》の住人とコンタクトを取ったことがないのか。少し面倒《めんどう》だが地球人になりすましたほうがいいかもしれない……」

タルルンは、対象地域《たいしょうちいき》を観察することにした。

三日ほど地上をモニタリングしていると、大きな車に乗った地球人が、人の家を訪《おとず》れ、箱を渡《わた》しながら「ハンコください」と言っているのを見つけた。

タルルンは車に乗っている地球人の持ち物や服装《ふくそう》など、すべての情報《じょうほう》をスタンプラリー参加キットに入っている「現地人変装用《げんちじんへんそうよう》シリコーン」に入力し、それらを実体化した。

次に自分の顔や手に粉《こな》をはたいてヌルヌル感を消し、カツラをかぶると、同じ家を訪《ほう》問《もん》した。

「ハンコください」

「はいはい」

家の中から出てきた老齢《ろうれい》の地球人はすぐにタルルンの出した紙にハンコをくれた。

「ありがとう。あれ？　メロンはさっき届《とど》いたよ？」

老齢《ろうれい》の地球人がそう言って顔を上げた時、タルルンはもうミニシップに向かって走り出していた。

タルルンはさっそく、スタンプラリー事務局《じむきょく》へ押印《おういん》された紙の画像《がぞう》を転送してみたが、「非承認《ひしょうにん》」の通知が戻《もど》ってきた。

タルルンは運営事務局《うんえいじむきょく》へ問い合わせた。

「どうして非承認《ひしょうにん》なんですか！」

「すみません。説明不足でした。あなたがもらってきたこのスタンプは、地球で言うところの『安物のインク』です。これは紫外線《しがいせん》に弱く、宇宙飛行中《うちゅうひこうちゅう》に変色してしまいます。今回の課題では、宇宙航海《うちゅうこうかい》に最適《さいてき》な『朱肉《しゅにく》』のハンコをもらってください」

「そんなの先に言ってくださいよ」

調べてみると朱肉《しゅにく》は、赤い成分に油や紙の粉《こな》をまぜてつくられるもので、劣悪《れつあく》な環境《かんきょう》でも劣化《れっか》しにくいらしい。

タルルンは再《ふた》び地球を観察した。

すると今度は黒いスーツを着て、四角く硬《かた》いカバンを持った地球人が、前回と同じ家でハンコを前に座《すわ》っているのが見えた。今回は家の中である。

「これが土地の権利書《けんりしょ》です。こっちが売買契約書《ばいばいけいやくしょ》。大丈夫《だいじょうぶ》ですよ、おじいさん、私《わたし》の言う通りにしてね。はい、四千万円の土地を四千円で売りましょうね」

黒いスーツの地球人は老齢《ろうれい》の地球人からハンコをひったくり、朱肉《しゅにく》をたっぷりつけると、自分の持ってきた紙にギューーッとハンコを押《お》して帰っていった。

「よし、これで行こう」

今回もタルルンは、前回と同じように今見た地球人の持ち物をすべてコピーし、同じ家へ行った。

老齢《ろうれい》の地球人がぼーっとしている間に、タルルンは家に上《あ》がり込《こ》み、書類を広げた。

「これが土地の権利書《けんりしょ》ね。こっちが売買契約書《ばいばいけいやくしょ》。えっと……はい、ハンコ貸《か》してね」

タルルンが朱肉《しゅにく》をたっぷりつけたハンコをスタンプラリーのシートに押《お》した時、突然《とつぜん》部屋のドアが開いて若《わか》い地球人が入ってきた。

「おまえが悪徳不動産屋《あくとくふどうさんや》だな！　再《ふたた》び現《あらわ》れるとは。この詐欺師《さぎし》め！」

若《わか》い地球人はいきなり飛《と》び掛《か》かってきて、タルルンを捕《つか》まえようとする。

（こんなところで捕《つか》まるわけにはいかない）

「グワァァァ――!!」

タルルンはありったけの声を張《は》り上《あ》げた。カツラが取れ、服が破《やぶ》けて、ヌルヌルの肩《かた》や腹《はら》がむき出しになる。

「ぎやぁぁぁー、化け物！」

地球人がひるんだすきに、タルルンは地球人の手を振《ふ》りほどいて家の外へ転がり出た。

（ハンコの紙さえあれば、あとはもういらない！）

タルルンは押印《おういん》されたシートだけを握《にぎ》りしめ、複製《ふくせい》したカバンを投げ出すと、必死にミニシップまで走った。

「やれやれ……こんな星、二度とごめんだ」

スタンプラリー事務局《じむきょく》から「承認《しょうにん》」の連絡《れんらく》を受け取ると、タルルンは次の星へ向かった。

地球では、タルルンが複製《ふくせい》した悪徳《あくとく》不動産屋《ふどうさんや》のカバンの中から、アジトの住所や仲間の電話番号などが見つかって、詐欺師《さぎし》たちは組織《そしき》ごと逮捕《たいほ》されていた。

老齢《ろうれい》の地球人と若《わか》い地球人は並《なら》んで空を見上げた。

「あの宇宙人《うちゅうじん》、悪いやつを捕《つか》まえるために来てくれたのか……」

「そうだなじいちゃん。次来たらうまいモノでも食わしてやろうな」

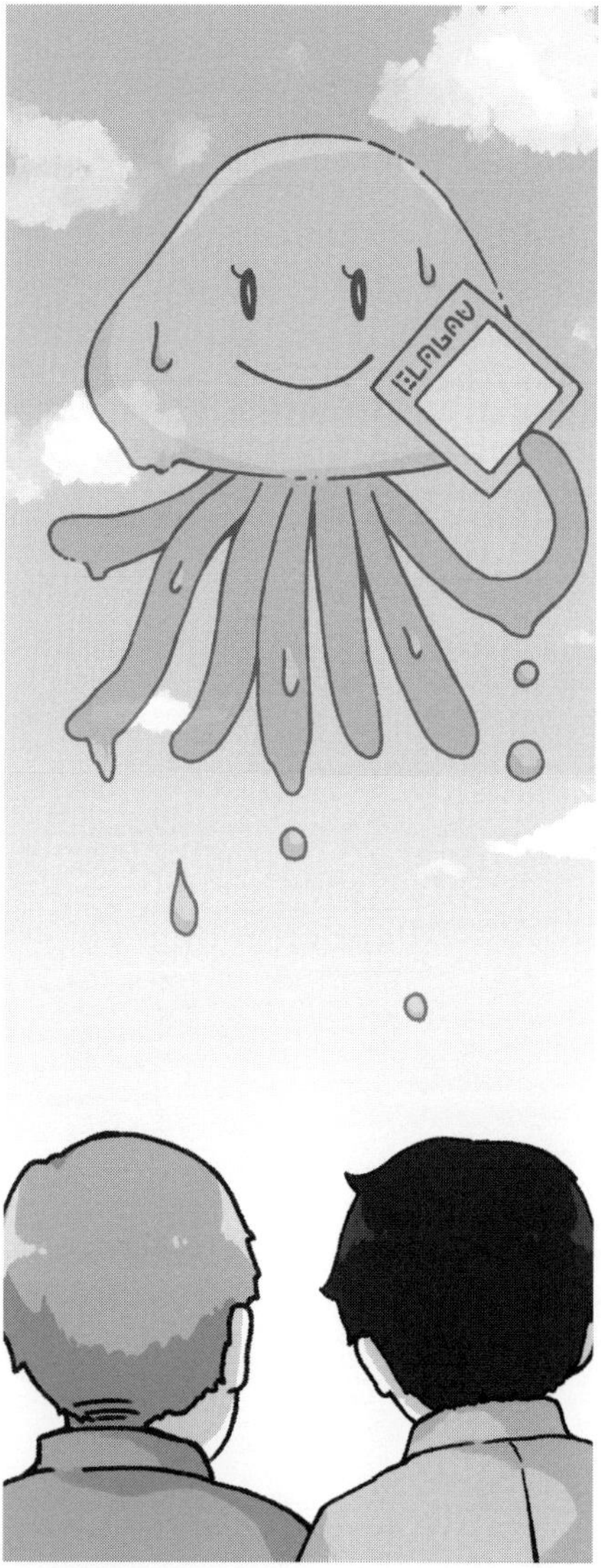

# ハンコください　～other side～

今回の惑星間《わくせいかん》スタンプラリーも、大盛況《だいせいきょう》のうちに終わった。参加した宇宙人《うちゅうじん》たちは、集めたスタンプと引《ひ》き換《か》えに、豪華景品《ごうかけいひん》やささやかな参加賞《さんかしょう》を受け取り、それぞれの宇宙船《うちゅうせん》でそれぞれの方向へと飛び去った。

集められたスタンプシートはひとつ残らず、宇宙運搬用圧縮袋《うちゅううんぱんようあっしゅくぶくろ》にまとめられた。圧縮《あっしゅく》してあるとはいえ、大袋《おおぶくろ》だ。

「あとは、わたしの仕事だ。みんな、ご苦労だった。打ち上げパーティーを楽しんでくれ」

運営事務局長《うんえいじむきょくちょう》のズーズーは、作業を終えたメンバーに声をかけ、大袋《おおぶくろ》を肩《かた》にかつぐ。

「はい、そうさせてもらいます。いつも、最後の大仕事を、局長ひとりに押《お》しつけてすみません」

「いやいや、気にすることはない。みんな、よく働いてくれた」

恐縮《きょうしゅく》するメンバーを笑顔でねぎらい、ズーズーは小型宇宙船《こがたうちゅうせん》で出発した。

スタンプラリーのスポンサーに、報告《ほうこく》に行くのだ。

ズーズーは、スポンサーの名前を知らない。名前があるのかどうかもわからない。名前がないと不便なので、仮《かり》に、G《ジー》と呼《よ》んでいる。彼《かれ》なのか、彼女《かのじょ》なのか、たぶん性別《せいべつ》はないのだろうと思っている。

G《ジー》は、この宇宙《うちゅう》の創造主《そうぞうしゅ》と噂《うわさ》される存在《そんざい》だ。噂《うわさ》が本当かどうか知らないし、ズーズーには確《たし》かめようもない。

だが、スタンプラリーに使われる莫大《ばくだい》なエネルギーと費用《ひよう》のすべてをG《ジー》が出しているのはたしかだ。しかも、一回目のラリーからずっと。ちなみに今回は、百三十八回目だった。ズーズーは、十四代目の事務局長《じむきょくちょう》だ。

前任者《ぜんにんしゃ》から引《ひ》き継《つ》いだ資料《しりょう》によると、宇宙《うちゅう》は時々《ときどき》かきまわし、新しい風を入れてやる必要があるらしい。そうしないと、よどんだり、硬化《こうか》したり、腐《くさ》ったりするらしい。そのためにスタンプラリーを行《おこな》い、宇宙人《うちゅうじん》をあちこちの惑星《わくせい》に送《おく》り込《こ》み、現地人《げんちじん》と接触《せっしょく》させ、新しい風を起こすわけだ。

今回もいい風を起こせた、とズーズーは思う。G《ジー》も満足してくれるとよいのだが。

ズーズーは、G《ジー》の居場所《いばしょ》を知らない。というより、G《ジー》に決まった居場所《いばしょ》はない。だから、コンタクトを取りたい時はそう念じながら、自動操縦《じどうそうじゅう》で宇宙《うちゅう》をただよい、G《ジー》に引《ひ》き寄《よ》せてもらう。これも前任者《ぜんにんしゃ》から引《ひ》き継《つ》いだ方法だ。

宇宙船《うちゅうせん》が、ぐにょぉーん、とやわらかいものにめり込《こ》んで、止まった。

G《ジー》だ。

歴代《れきだい》の事務局長《じむきょくちょう》もズーズーも、G《ジー》の姿《すがた》を見たことはない。次元がちがってこちらの目に見えないのか、存在《そんざい》が大きすぎて把握《はあく》できないのか、ともかく、知っているのは、このぐにょぉーんとした感覚と、宇宙船《うちゅうせん》が半透明《はんとうめい》のゼリーのようなものの内部に取《と》り込《こ》まれているということ。そしてその中では宇宙服《うちゅうふく》も必要がないということ。

ズーズーは、スタンプシートを入れた圧縮袋《あっしゅくぶくろ》をかついで、宇宙船《うちゅうせん》の外へ出た。やわらかくあたたかいゼリーに包《つつ》み込《こ》まれる。苦しくはない。むしろ、うっとりするほど心地よい。大袋《おおぶくろ》を、できるだけ自分の体から離《はな》れるように、押《お》しやった。

まずは外袋《そとぶくろ》が、ぶるぶるぐにぐに震《ふる》えながら、溶《と》けて消えた。中の数百枚《まい》のスタンプシートが、ゆらゆら揺《ゆ》れながら広がる。ゼリーがくねり、ひとつひとつのスタンプを確《たし》かめはじめる。

ズーズーにはそれが、飴《あめ》を味わう舌《した》の動きに見える。

宇宙《うちゅう》を新鮮《しんせん》に保《たも》つためにスタンプラリーが役立っているのは、たしかだろう。実際《じっさい》、ラリー後の宇宙《うちゅう》には、活気が感じられる。

けれど、それ以上に、このスタンプがG《ジー》の好物なのではないか、と思う。

満足げな声が聞こえた。

――ふぉっほっほ。今回もいろいろあって、愉快《ゆかい》、愉快《ゆかい》。

G《ジー》の言葉は、耳ではなく、頭の中に直接《ちょくせつ》聞こえる。

――ほっほ。地球で、悪さをしていたやつらがスタンプラリーの余波《よは》で捕《つか》まったじゃろ？　あのひとりが、悔《くや》しがっておる。「今回で足を洗《あら》うつもりだったのに、今までうまくいっていたのに、なんで最後でこんな」と。

スタンプからそんな情報《じょうほう》も読み取れるらしい。

——そやつを捕《つか》まえた役人の言葉がいい。ふぉっふぉっ、非常《ひじょう》にいいぞ。「天網恢恢《てんもうかいかい》、疎《そ》にしてもらさず」じゃと。どういう意味か、わかるか？

わかりますと答えたいところだが、わからない。

——「天の網《あみ》は大きくて目が粗《あら》くとも、悪人を網《あみ》の目からもらすことはない」という意味じゃ。つまり、わしをほめたたえておる。ふぉっほっほ。

G《ジー》は上機嫌《じょうきげん》だ。よかった、今回のスタンプラリーも合格点《ごうかくてん》をもらえそうだ。

ズーズーは、胸元《むなもと》から、自分のスタンプシートを出し、両手に持って差し出した。

パコンッ。

小気味いい音とともにスタンプが押《お》された。これは事務局長《じむきょくちょう》にだけ、与《あた》えられる。ラリー一回ごとに、スタンプひとつ。もちろん、このことを知っているのも歴代《れきだい》の事務局《じむきょく》長《ちょう》のみ。

気づけば、ゼリーに揺《ゆ》れていたスタンプシートがほとんど溶《と》けて消えかけている。

ズーズーはそそくさと宇宙船《うちゅうせん》の中へ戻《もど》り、発進した。うかうか長居《ながい》すると、自分もなめ溶《と》かされそうな気がする。

——次回も期待しておるぞぉ。

そのあと、大きなげっぷも聞こえた。


ズーズーは、宇宙船《うちゅうせん》の行き先を自分の居住星《きょじゅうせい》にセットし、自動操縦《じどうそうじゅう》に任《まか》せる。

ふぅ、やっと、終わった。

安楽チェアに体を伸《の》ばし、改めて、自分のスタンプシートを見る。あとスタンプふたつで、満杯《まんぱい》だ。そうしたら、自分も歴代《れきだい》の事務局長《じむきょくちょう》と同じように引退《いんたい》となる。後継者《こうけいしゃ》はもう決めてある。

それより、まだ決めかねているのは、スタンプ満杯《まんぱい》の特典——G《ジー》からのご利益《りやく》だ。

どんな願いでも、ひとつ、叶《かな》えてもらえる。

超《ちょう》グルメだった前任者《ぜんにんしゃ》は、宇宙《うちゅう》を食いたいと願った。今は別次元の宇宙《うちゅう》で、ブラックホールとなって宇宙《うちゅう》を食っているらしい。食いつくしたあとどうなるのかは、知らない。

ズーズーは、そんな大きなことは願わない。こう見えて理系《りけい》ボーイのズーズーには、惑星《わくせい》ひとつでいい。惑星《わくせい》の諸々《もろもろ》の条件《じょうけん》——気候や構成物質《こうせいぶっしつ》や形——を変化させ、それが惑星寿命《わくせいじゅみょう》やそこに発生した生物にどんな影響《えいきょう》を与《あた》えるか、楽しく実験したい。

今まで適当《てきとう》な惑星《わくせい》が見つけられずにいたのだけれど、今回、ラリーの舞台《ぶたい》になった地球はどうかな。あのニンゲンとかいう生物の反応《はんのう》はおもしろそうだ。実験の結果、地球が滅《ほろ》びたとしても、惜《お》しくもない。責《せ》められることもないだろう。

うん、それがいい。地球をもらおう。

「あっと、ふたつ。あっと、ふたつ」

ズーズーは、子どものように歌う。スタンプラリーは、本当に楽しい。

# 心あたため器

「お母さん！　電子レンジが壊《こわ》れた！」

花梨《かりん》が塾《じゅく》に行く前の腹《はら》ごしらえとして冷凍《れいとう》チャーハンを電子レンジに入れたところ、レンジはモニターに「Ｅｒ《エラー》」の表示《ひょうじ》を出したまま、うんともすんとも言わなくなった。

花梨《かりん》の母親はうれしそうな声を出した。

「壊《こわ》れたの？　これで新しいのが買えるわ。古かったから買《か》い替《か》えたかったのよね」

「そんなことより、何か食べなきゃ静かな塾《じゅく》の教室でぐぅーとおなかが鳴っちゃうよ」

母親は小さなカップ麺《めん》にお湯を入れながら言った。

「花梨《かりん》、明日の部活帰りに電器屋さんで最新の電子レンジのカタログもらってきてよ」

「いいよー」

高校に入学してから半年、学校帰りに堂々《どうどう》と寄《よ》り道《みち》できるのも高校生っぽくてうれしいなあ、と思いながら、花梨《かりん》は翌日《よくじつ》電器店に向かった。

電子レンジ売り場に行くと、優《やさ》しそうなおじいさん店員が寄《よ》ってきた。

「電子レンジも機種によって特徴《とくちょう》があります。冷凍《れいとう》食品を解凍《かいとう》するとか、冷えたごはんを温めるとか、目的に合わせて選んでください。どんなものを温めたいですか？」

とっさに花梨《かりん》は最近冷たくなった彼《かれ》、徹《とおる》のことを思い出し、思わずつぶやいた。

「人の心とか……？」

我《われ》に返って花梨《かりん》はあわてて口を押《お》さえたが、店員は気にするふうでもなく、

「それなら電子レンジではないですが、極秘《ごくひ》ルートで入手した、いいものがあります」

と言って、箱に入った小鉢《こばち》を出してきた。乳白色《にゅうはくしょく》の丸い容器《ようき》でかわいらしい。

「これは『心あたため器』といって、一見、どこにでもあるふたつきの小鉢《こばち》ですが、人の心を温めることができるのです」

「うそっ！　本当ですか？」

「ここに、心を温めたい人に息を吹《ふ》き込《こ》んでもらってください。それを電子レンジの自

動温め機能《きのう》で温めるだけ。それでその人の心はあたたかくなります。注意事項《ちゅういじこう》はひとつ、この容器《ようき》は低温に弱いので、なるべく冷やさないようにしてください」

値段《ねだん》は今月のお小遣《こづか》いの残りで足りる額《がく》だったので、花梨《かりん》は買って帰った。

翌日《よくじつ》の放課後、息を吹《ふ》き込《こ》んでもらうために徹《とおる》に声をかけた。

「徹《とおる》、お願いがあるの。これのふたを少しずらして、ふーって息を入れて」

「なんで？」

「息を吹《ふ》き込《こ》んでくれたら、教えてあげる。危《あぶ》ないものじゃないから安心して」

徹《とおる》はいぶかしげな顔をしながら、言った通りにしてくれた。

ところが花梨《かりん》は心あたため器を持って家に帰ってから、気がついた。

「あ、うちの電子レンジ壊《こわ》れたままだ」

花梨《かりん》は心あたため器を持ってコンビニに向かったが、レンジ付近は大学生のグループがたむろしていて、その間に割《わ》って入るのは勇気がいりそうだ。

そこで、花梨《かりん》は幼《おさな》なじみの京香《きょうか》に頼《たの》んでみることにした。京香《きょうか》はちょうど家にいた。

「電子レンジ貸《か》してくれる？　うちの、壊《こわ》れちゃって」

「いいよ」

優《やさ》しい京香《きょうか》は、すぐに花梨《かりん》を家に入れてくれ、中身を見たがることもなく、心あたため器を温めさせてくれた。

翌日《よくじつ》、花梨《かりん》は期待しながら学校へ行った。

「徹《とおる》、おはよう」

「お、おはよう花梨《かりん》……。英語の宿題やった？　見せてやろうか？」

徹《とおる》のほうから宿題を見せてくれるなんて！

「心あたため器って、本物だったんだ！」

徹《とおる》はその後も積極的に話しかけてくれたり、掃除《そうじ》を手伝ってくれたりして、花梨《かりん》は「愛され彼女《かのじょ》ライフ」を満喫《まんきつ》した。

ところが三日後の土曜日の朝、デートの待ち合わせ場所で会ったとたん徹《とおる》は、

「なんだか行く気がなくなってきた。今日は帰ろうかな……」

と言い出した。引きとめても聞く耳をもたない。花梨《かりん》は食い下がる。

「わかった。これにもう一回、息を吹《ふ》き込《こ》んで。そしたら帰っていいから」

徹《とおる》は、めんどくさそうに心あたため器に息をふーっと入れて帰っていった。

再度《さいど》心あたため器を電子レンジで温めたら、徹《とおる》はまた花梨《かりん》に優《やさ》しくしてくれるはずだ。しかし花梨《かりん》の家には、まだ新しい電子レンジは届《とど》いていない。

花梨《かりん》はもう一度京香《きょうか》の家に行って頼《たの》んだが、京香《きょうか》はすまなそうな顔をした。

「今、お父さんが朝ごはんを食べてるから、家に友だちを上げられないの。ここで待っててくれる？　私《わたし》が温めてきてあげる」

花梨《かりん》が京香《きょうか》に心あたため器を渡《わた》すと、京香《きょうか》は思い出したように言った。

「花梨《かりん》、ついでに借りてた本も返すね。袋《ふくろ》持ってない？　じゃあ紙袋《かみぶくろ》に入れてくる」

京香《きょうか》が戻《もど》ってくるのを待っていると、花梨《かりん》の電話が鳴った。画面には「徹《とおる》」の文字。

「わ、もう効果《こうか》が現《あらわ》れた！　はい、もしもし！」

『オレだ。おまえとは別れることにしたから。じゃなっ』

「えっ！　徹《とおる》！　ちょっと！」

花梨《かりん》が呆然《ぼうぜん》としていると、京香《きょうか》が紙袋《かみぶくろ》に入った本と割《わ》れた心あたため器を持ってきた。

「ごめん、紙袋《かみぶくろ》を探《さが》している間に、お母さんがまちがえて容器《ようき》を冷蔵庫《れいぞうこ》に入れちゃって……。お父さんの朝ごはんの片《かた》づけをしてたから、よく見てなかったみたい。あわてて出したんだけど、割《わ》れちゃったの。本当にごめん！」

心あたため器を冷やしたから徹《とおる》も冷たくなったのだろうか。しかも割《わ》れてしまうなんて。

花梨《かりん》は急いで心あたため器を買った電器店に行ったが、例のおじいさん店員はおらず、他の店員に聞いても皆《みな》「そんな商品は扱《あつか》っていない。おじいさん店員は辞《や》めて、もういない」と口をそろえて言った。

「極秘《ごくひ》ルートって……どうすれば見つかるんだろう？」

その日から、花梨《かりん》はずっとおじいさん店員を探《さが》している。

## 心あたため器 〜other side〜

徹《とおる》は同じ高校の花梨《かりん》に告白《こくはく》され、顔が好みだったからつき合ってみた。一か月つき合って、だめだなと思いはじめた。花梨《かりん》と徹《とおる》は、興味《きょうみ》の方向も趣味《しゅみ》も、まるでちがう。花梨《かりん》が無理して徹《とおる》に合わせているのが、わかる。それって、徹的《とおるてき》には×だ。

無理して合わされても、こっちも楽しめない。興味《きょうみ》ないならついてくるなよ、ひとりのほうが楽しめるのに、って感じ。で、つき合いをやめたいんだけれど、別れを切り出そうとすると、花梨《かりん》は捨《す》てられた子犬みたいな悲しそうな目で、徹《とおる》を見上げる。その目で見られると、何も言えなくなってしまう。

というのを、ここ数週間、花梨《かりん》と会うたびに、くり返している。

今日も別れを切り出そうとしたら、また哀《あわ》れっぽい目で、先に言われた。

「お願いがあるの。これのふたを少しずらして、ふーって息を入れて」

一瞬《いっしゅん》、固まってしまったのは、花梨《かりん》の持っている容器《ようき》に見覚えがあったからだ。

この町で食器店を営《いとな》んでいる叔父《おじ》の倉庫に積み上げてあった、不良品そっくりだ。モダンで密閉性《みっぺいせい》のある食品保存容器《しょくひんほぞんようき》を業者に大量注文したら、冷えるとひび割《わ》れを起こす粗悪品《そあくひん》をつかまされてしまったと、先日、叔父《おじ》が頭を抱《かか》えていた。

——業者は音信不通で、返品もできやしない。全額支払《ぜんがくしはら》ったあとだよ。なぁ、徹《とおる》、これ、デザインは若《わか》い子にうけそうだろ？　使い道、ないかな。

徹《とおる》は叔父《おじ》を笑わせようと、冗談《じょうだん》半分で答えた。

——冷蔵庫《れいぞうこ》には入れられないけれどレンジの温めには使えるわけ？　冷やしたくなくて、温めたいもの……思いついたぜ。〈心あたため器——冷たいあの人の息を入れてレンジで温めるだけ、あの人の心がほっかほか〉ってどうよ？

叔父《おじ》にはため息をつかれ、その話は終わった。で、どうして今、花梨《かりん》がそっくりの容器《ようき》を持って、息を入れてとか言ってるんだ？

「なんで？」

「息を吹《ふ》き込《こ》んでくれたら、教えてあげる。危《あぶ》ないものじゃないから安心して」

その通りにしないと、引き下がりそうにない。しかたない。息を吹《ふ》き込《こ》んだ。

花梨《かりん》は容器《ようき》を抱《だ》きかかえ、小さな声で言った。

「これはね、ココロアタタメキだよ」

ビンゴ！　って、ダメだろ！

「悪い、急用を思い出した、またな」

徹《とおる》は走って花梨《かりん》から離《はな》れると、スマートフォンを取り出した。叔父《おじ》に電話だ。

「叔父《おじ》さん？　あのさ、まさか、あの不良品、売り出したりしてないよな」

『あれなー、電器店のジイサンと酒を飲んだ時に、〝心あたため器〟の話をしたらうけちゃって。おもしろがって、何点か持って帰ってくれたんだわ』

「売ったら、詐欺《さぎ》じゃん。すぐに回収《かいしゅう》してよ」

『店を息子に継《つ》がせて引退《いんたい》したジイサンだから、売り場に〝心あたため器〟が並《なら》ぶかどうかもわからんさ。並《なら》んだとしても買うやつがいるとも思えんし』

「いたんだよ！」

翌日《よくじつ》、学校で、花梨《かりん》から期待に満ちた目で見つめられた。わあーこいつ、「心あたため器」を信じてるよ。後ろめたさもあってつい優《やさ》しくしてしまった。おまけに、一緒《いっしょ》に映画《えいが》を見にいく約束までさせられた。まぁこれで「心あたため器」は詐欺《さぎ》じゃなくなったか。

でも嘘《うそ》の優《やさ》しさは三日が限界《げんかい》だった。土曜日、映画《えいが》を見るために待ち合わせ場所までは行ったものの、花梨《かりん》と顔を合わせたとたん嫌《いや》になって、帰りたくなった。すると花梨《かりん》はまた心あたため器を差し出し、捨《す》てられた子犬の目で徹《とおる》を見上げて言った。

「これにもう一回、息を吹《ふ》き込《こ》んで。そしたら帰っていいから」

息を吹《ふ》き込《こ》み、ひとりで歩き出してから後悔《こうかい》した。吹《ふ》き込《こ》むんじゃなかった。もう、うんざりだ。今度こそ別れを告《つ》げよう。向きを変え、花梨《かりん》を探《さが》し、駆《か》け出《だ》した。

花梨《かりん》はクラスメイトの京香《きょうか》の家の前にいた。心あたため器を京香《きょうか》に渡《わた》している！　徹《とおる》は思わず電柱のかげに隠《かく》れて、のぞく。花梨《かりん》のやつ、どういうつもりだ。少しでも早く温めて、デートをやり直そうとか考えてる？

本当に、もう、無理だ。

徹《とおる》は電柱のかげから花梨《かりん》を見つつ電話をかけ、きっぱりと別れを告《つ》げた。

家に帰ってから、叔父《おじ》にも電話した。

「例の不良品、電器店から、ちゃんと回収《かいしゅう》した？」

『したぞ。なんとひとつ売れたらしい。どんなやつが息を吹《ふ》き込《こ》んだんだろうな、がはは』

こんなやつだよ。花梨《かりん》の持ってる心あたため器も、証拠隠滅《しょうこいんめつ》したほうがいいよな。どうやって回収《かいしゅう》しよう……ああ、気が重い。ため息をつきながら、叔父《おじ》に確認《かくにん》する。

「他に、その不良品を渡《わた》した相手はいない？」

『そういえば、タダでやったのがひとつあったな。金はもらってないし、身内だから詐《さ》欺《ぎ》と訴《うった》えられる心配はない。あ、仕事の電話が入ったから切るぞ』

身内って？　と、確認《かくにん》するヒマもなく電話が切れた。

その夜。夕食中に、何かと話しかけてくる母親がうざい。こっちはいろいろ考えごとがあるっていうのに。無視《むし》していたら、いつもの聞こえよがしのひとりごとがはじまった。

「あーあ、女手ひとつで苦労して育てたっていうのに、ひとり息子は反抗期《はんこうき》で返事もしてくれない。でもいいの、ちゃんと成長してるって証拠《しょうこ》だもの。あたしは、あたしで人生を楽しむし。そうだ、大切なものを忘《わす》れてた」

母親があわてて立ち上がり、いつも仕事に持っていっているカバンから何かを取り出した。ふたつきの小ぶりな容器《ようき》……心あたため器だ！　何を入れてるんだ？

母親はそれを両手で大切そうに持って、電子レンジに入れた。うっとり笑って温めをスタートし、ひとりで照れている。どう見ても、食べ物を温めている顔じゃない。まさか、だれかの息？　て、だれの？　離婚《りこん》した親父の？　いや、ありえない。じゃ、だれ？新しい恋人《こいびと》？　心あたため器を使うってことは、相手が冷たいってことで……いや、それ、温めてくれないから。ただのがらくた、不良品だよ。ってことを教えるべき？　でもそうしたら、徹《とおる》がなぜ知ってるって話になって、さらに母親がだれかの心を温めようとしたことが徹《とおる》にばれてるってこともばれて……うわあ修羅場《しゅらば》じゃん。

最高速で頭をめぐらせながら固まっている徹《とおる》の目の前で、電子レンジが軽やかに鳴った。

チン！

# ペンギン

ぺぺは若《わか》いコウテイペンギンだ。この冬、初めて父となり、凍《い》てつく南極で卵《たまご》を抱《だ》いている。

妻《つま》は卵《たまご》を産んですぐ、百キロ離《はな》れた海へと向かった。氷原を歩き越《こ》えてゆく、妻《つま》たちの行進だ。そして、海で食料をたっぷりと腹《はら》にたくわえ、ヒナに与《あた》えるために戻《もど》ってくる。再《ふたた》び氷原を歩き、二か月後か三か月後に。それ以上に遅《おそ》くなれば、ヒナは餓《が》死《し》するだろう。

妻《つま》が戻《もど》るまで、卵《たまご》を抱《だ》き、孵《ふ》化《か》させ、ヒナを守るのが父であるぺぺの役目だ。

卵《たまご》を両足の甲《こう》にのせ、腹《はら》の皮で覆《おお》う。コウテイペンギンの腹《はら》の皮がだぶついているのは、このためだ。腹《はら》の羽《う》毛《もう》も、もちろん冬毛であたたかい。さらには、つま先を上げ、凍《い》てつく大地から卵《たまご》を少しでも遠ざける。

妻《つま》は無事に、海へ着いただろうか。魚を食べているだろうか。

まずは、産卵《さんらん》で疲《つか》れ果《は》てた自分の体に栄養をつけるだろう。それから、子どもの分も腹《はら》にたくわえる。

早く戻《もど》ってくればいいな。そしたら子守を交替《こうたい》して、次はペペが海へ行く。

ああ、腹《はら》が減《へ》った。いやいや、このくらいで、泣き言を言ってどうする。育児ははじまったばかりだ。

ペペは、腹《はら》の皮をほんの少しめくり上げ、卵《たまご》を確《たし》かめる。くちばしで触《ふ》れてみる。卵《たまご》から何かが伝わってきた。

——あたし、次に生まれてくる時は、コウテイペンギンがいい。

卵《たまご》の前世の記憶《きおく》が聞こえてくる。この南極では、よくあることだ。

そうか、この卵《たまご》はコウテイペンギンになりたいと願い、望み通りに生まれ変わってきた幸運の卵《たまご》だ。きっと、群《む》れにも幸運を運んでくれるだろう。

もう少し、卵《たまご》の前世の声を聞きたくて、くちばしでそっとなでる。

——コウテイペンギンのヒナって、親に、超愛《ちょう》されてるもん。

超愛《ちょう》されている？　意味はよくわからないが、たぶん、今、ペペがしていることなのだろう。

厳寒《げんかん》の地に立ち、何も食べず、卵《たまご》を温める。眠《ねむ》る時も立ったまま。これ以上、腹《はら》が減《へ》らないようできるだけ動かない。卵《たまご》を気遣《きづか》いながら、ウトウトして過《す》ごす。

ブリザードがやってきた。猛吹雪《もうふぶき》だ。羽毛《うもう》に覆《おお》われた体であってもつらい。まして、絶食《ぜっしょく》の続いた空腹《くうふく》の身だ。仲間のオス同士《どうし》、体を寄《よ》せ合《あ》ってしのごう。足の甲《こう》から卵《たまご》を落とさぬように、よたよたと歩く。くちばしで、腹《はら》の羽毛《うもう》の奥《おく》へと卵《たまご》を押《お》し込《こ》む。

——一度でいいから、命がけで愛されたいの。

かすかに卵《たまご》の声が聞こえ、でもすぐに風のうなり声にかき消される。氷雪が、ペペの頭に、肩《かた》に、突《つ》き刺《さ》さるようだ。だが、仲間とひっつき合った腹側《はらがわ》には、氷も雪も寄《よ》せつけない。

空腹《くうふく》の身には厳《きび》しすぎる寒さも、耐《た》えてみせよう。それが、コウテイペンギンの父。

もしも妻《つま》が戻《もど》るより先におまえが卵《たまご》からかえったならば、この空腹《くうふく》の身をよじり、体内に残った栄養をしぼり出し、口移《くちうつ》しにおまえに与《あた》えよう。ペンギンミルクだ。

そして、妻《つま》が戻《もど》ったなら、今度はペペが海まで歩く。百キロの氷原を越《こ》える力が残っているだろうか。なければ途中《とちゅう》で朽《く》ち果《は》てる。

いいや、必死で海までたどり着くのだ。そして腹《はら》に食料を詰《つ》めて、おまえのために持ち帰ろう。これを命がけと言わず、何を命がけと言うのだ。卵《たまご》よ、おまえは、今、命がけで愛されている。おまえの前世の願いは、叶《かな》えられた。

それにしても、腹《はら》が減《へ》った。寒さがこたえる。

ブリザードは去った。

ペペは、頭を振《ふ》って、積もった雪を払《はら》い落《お》とす。

空に光が広がった。オーロラだ。

赤に、緑に、光がひるがえる。その様子は海中のコウテイペンギンと同じくらいに、
美しく、自由自在《じゆうじざい》だ。
早く、海に帰りたい。
このオーロラのように自在《じざい》に泳ぎまわり、好きなだけ魚を食べたい。
だが今は、我慢《がまん》だ。
妻《つま》はもう、こちらに向かっているだろうか。
少しでも早く戻《もど》ってくれ。
妻《つま》はもう、こちらへ向かっているはずだ。
あともう少しの、辛抱《しんぼう》だ。
ペペ自身も、こんなふうに父に守られ、厳寒《げんかん》の地で生まれ、育ったのだ。
この命は、強い。
それが、コウテイペンギンだ。卵《たまご》よ、誇《ほこ》れ。
真紅《しんく》のオーロラが、空いっぱいに広がる。次の瞬間《しゅんかん》、滑《すべ》るように一点に吸《す》い込《こ》まれ、

再《ふたた》び広がる。光とともに、だれかの前世の記憶《きおく》の一片《いっぺん》が降《ふ》ってきて、ぺぺに刺《さ》さった。

ブリザードとオーロラのせいで、乱《みだ》れ飛《と》んだものだろう。こんなことも、たまにはある。

――おれ、目玉焼きは、ソース派《は》。

目玉焼き？　ソース？　なんのことだろう。

――ＴＫＧ《ティーケージー》は、もちろんしょうゆ。

意味はわからない。にもかかわらず、口の中にじゅわりと液体《えきたい》が湧《わ》き出《で》る。こんなことは初めてだ。

――思《おも》い浮《う》かべたら、よだれが湧《わ》いた。

これは、よだれ、か。

――卵《たまご》は、ＴＫＧ《ティーケージー》がいちばんうまいよな。

卵《たまご》？

ぺぺは、腹《はら》の皮を上げて、自分の子を確認《かくにん》する。その殻《から》の上に、つつーとよだれが落ちた。

おっと、卵《たまご》が冷えてしまう。くちばしでよだれを拭《ふ》き取《と》るつもりが、卵《たまご》に触《ふ》れたとたん、いなずまのように、何かがひらめく。

T《ティー》（卵《たまご》）K《ケー》（かけ）G《ジー》（ごはん）。

意味はやっぱりわからない。ただ、腹《はら》が空腹《くうふく》によじれる。頭の中でTKG《ティーケージー》という呪文《じゅもん》がぐるぐるまわる。

腹《はら》が減《へ》った。

……TKG《ティーケージー》。

腹《はら》が減《へ》った。

……TKG《ティーケージー》。

腹《はら》が減《へ》った。

……TKG《ティーケージー》……TKG《ティーケージー》……。

よだれが、かわいい卵《たまご》の上に、ぽと、ぽとぽと。

## ペンギン　～other side～

光昭《みつあき》はリビングの電気をつけた。夜の十時だ。

もうすぐ中学受験だから、塾《じゅく》は毎日ある。毎日十時に帰っても、いつも両親は仕事から帰っていない。

「また冷凍《れいとう》食品かよ……」

冷凍庫《れいとうこ》には、二、三品のおかずが一緒《いっしょ》に冷凍《れいとう》されている、市販《しはん》の冷凍《れいとう》食品セットが何種類も入っている。

光昭《みつあき》は毎晩《まいばん》その中からひとつを選んで、温めてひとりで食べる。

「たまには手づくりの料理でも用意しとけよな。育ちざかりをなんだと思っているんだ」

静かなリビングはさびしく、暗い廊下《ろうか》はうす気味悪く、冷凍《れいとう》食品は温めても冷たい。

光昭《みつあき》はため息をついたあと、気を取り直すようにテレビをつけた。

画面に映《うつ》し出《だ》されたのは、ペンギンだった。

「おっ、かわいい」

動物ドキュメンタリー番組が、コウテイペンギンに密着《みっちゃく》していた。

ライブ中継《ちゅうけい》らしい。


ペペは若《わか》いコウテイペンギンです。

この冬、初めて父となり、凍《い》てつく南極で、卵《たまご》を抱《だ》いて立っています。

ペペの妻《つま》は卵《たまご》を産んですぐ、エサを求めて、百キロ離《はな》れた海へと向かいます。


「へえ、オスが卵《たまご》を守って、メスがエサを取ってくるのか」

光昭《みつあき》は両親の姿《すがた》を思《おも》い浮《う》かべた。弁護士事務所《べんごしじむしょ》を開いている両親は多忙《たぼう》だ。

授業参観《じゅぎょうさんかん》などの学校行事にはほとんど来てくれたことがない。運動会は毎年、祖父母《そふぼ》と、父の独身《どくしん》の妹が駆《か》けつけてくれて、なんとかさびしさを感じずに済《す》んでいる。

「お父さんとお母さんは、ぼくなんていなくてもよかったんでしょ」

光昭《みつあき》は自分が愛されているか時々《ときどき》不安になって、両親にそう言ってみる。

「そんなことない」と答えてもらうのを期待して。

でも最近は、望んだ答えさえ無理やり言わせているような気がして、安心できなくなっていた。

テレビの中では、ペペが卵《たまご》を温めている。強い風と雪が、ペペの顔を打つ。

ペペは目を細め、必死に抵抗《ていこう》しているように見える。

その姿《すがた》を見て、光昭《みつあき》は思った。

「親って……必死に子どもを育てるものなんだな」

ペペの姿《すがた》が、夜遅《おそ》くまで働く両親の姿《すがた》と重なる。

「そうだ、お父さんとお母さんは、ぼくのためにがんばって働いてくれているんだ」

思えば、塾《じゅく》の授業料《じゅぎょうりょう》は高い。受験費用《ひよう》だって、バカにならない。それらのお金をかせぐのはきっと大変にちがいない。

光昭《みつあき》は、何日も飲まず食わずで卵《たまご》を温めるペペを応援《おうえん》したい気持ちになってきた。

「ペペ、がんばれ！」

両親と同じように、ペペは卵《たまご》を大事に守っているのだ。

ペペと同じように、両親は自分を大事に守っているのだ。

久《ひさ》しぶりに、光昭《みつあき》の心の中で親への愛情《あいじょう》と、信頼《しんらい》の気持ちが芽生えてきた。


テレビカメラは時々《ときどき》ペペの顔をクローズアップする。

ペペの口からしずくが落ちる。

「ペペ、どうしたんだろう？」

ペペが開けた口を卵《たまご》に近づける。

「ペペ？」

感触《かんしょく》を確《たし》かめるように、ペペは卵《たまご》をパクパクとくちばしで挟《はさ》んでは離《はな》す、をくり返している。卵《たまご》の上に、しずくがポタポタ落ちる。

「ペペ？　愛情表現《あいじょうひょうげん》かな？」

卵《たまご》を丸のみするかのごとく、ペペの口が大きく開く。

「ペペ？　ペペ――ッ」

テレビ画面が切《き》り替《か》わり、氷原が映《うつ》し出《だ》された。

「なんで？　ペペはどうなったんだ？」

そのままペペの姿《すがた》は戻《もど》らず、オットセイの大群《たいぐん》を映《うつ》しながら番組は終わった。

「まさか……な。大事なわが子……だよな？　な？　守ってるんだよな？」

光昭《みつあき》は気味が悪くなって、その夜は風呂《ふろ》に入らず早々《そうそう》に寝《ね》ることにした。


夜中、何かの気配がして光昭《みつあき》は目を覚ました。

じゅるり。

よだれをすする音がする。

「ひっ！」

光昭《みつあき》が飛び起きて電気をつけると、そこには手で口をぬぐっている両親が立っていた。

「な、何してんの？」

両親が微笑《ほほえ》む。

「ただいま。かわいいわが子の寝顔《ねがお》を見にきただけだよ」

「光昭《みつあき》の寝顔《ねがお》はかわいいから、ずっと見ていたいのよ」

「さ、寝《ね》なさい」

「さあ、寝《ね》なさい」

両親は光昭《みつあき》に布団《ふとん》をかぶせ、寝《ね》かせようとする。布団《ふとん》をトントンしてくれる。

「あ、あ……」


どうしてテレビは、突然《とつぜん》ペペの姿《すがた》を映《うつ》さなくなったんだろう？

ペペの卵《たまご》はどうなったんだろう？

疑問《ぎもん》が頭にうずまくが、光昭《みつあき》はだんだん眠《ねむ》くなり、やがて深い眠《ねむ》りについた。

# 兄弟

鋭《するど》いカギ爪《づめ》のような三日月が、のぼった。今宵《こよい》は、プセマの父にして偉大《いだい》なる王の、誕生日《たんじょうび》の宴《うたげ》。険《けわ》しく切り立った崖《がけ》の上に立つ城《しろ》の大広間に、王族、臣下が集まっている。

どろりと真っ赤なワインを飲みほした父が、つぶやく。

「わがあと継《つ》ぎは――」

父の声は低くかすれ、静かだ。にもかかわらず、だれもが体を震《ふる》わせ、耳を澄《す》ます。

父は、大広間に張《は》り詰《つ》めた緊張《きんちょう》を味わうように、赤く染《そ》まった舌《した》で唇《くちびる》をなめ、言葉を続ける。

「だれが、よかろうか」

「わたくしに、お任《まか》せを」

緊張《きんちょう》をものともせず大声で答えたのは、兄。

臣下たちがささやき交《か》わす。

――さすが兄ぎみだ。あのお方こそ次期王にふさわしい。

――しかし、かしこさならば弟ぎみのほうが……。

後者のささやきは、兄の眉間《みけん》にしわが寄《よ》ったのを見て取り、途中《とちゅう》で消える。

父はニヤリとする。

「兄であるから息子であるからという理由だけでは、あと継《つ》ぎには足りぬ。王たる者は、すべての人を思いのままに動かせねばならん。わが子の資質《ししつ》を、皆《みな》とともに確《たし》かめよう。あの月が丸々《まるまる》と太る夜までの間に、より多くの人間をだませた者を次期王とする」

兄は少しもひるまない。自信満々《じしんまんまん》だ。

「すべての点において弟よりこの兄が優《すぐ》れていることを、証明《しょうめい》してご覧《らん》にいれましょう」

兄は父の圧倒的《あっとうてき》なパワーを受《う》け継《つ》いでいる。対峙《たいじ》した者を震《ふる》え上《あ》がらせる威圧感《いあつかん》は、弟とは比《くら》べるべくもない。と、この場のだれもが思っているであろう。

兄と目が合った。

「この兄のほうが優《すぐ》れているのは明白、おまえもそう思うであろう？」

気位が高く、すぐに怒《いか》りを爆発《ばくはつ》させる兄に逆《さか》らう者はいない。

プセマも口答えすることなく、一礼する。

兄はそれで満足したのか、大広間を出てゆく。

バサ、バサ、バサ、バサバサバサ……。

兄の姿《すがた》が見えなくなるや、召使《めしつか》いたちがプセマに近づき、ささやいた。

「わたくしどもは、プセマさまこそ、この世界を統《す》べるにふさわしい方だと思っております。どうぞあと目争いにご参加を」

プセマはうすく笑って、小さいがよく通る声で答える。

「父は偉大《いだい》にして力と知を兼《か》ね備《そな》える。その力を受《う》け継《つ》いだ兄もまた偉大《いだい》。そして知を受《う》け継《つ》いだ弟には弟のやり方がある」

プセマは、相手のやり方を見て策《さく》を変える、あと出しが得意《とくい》なのだ。

バサ、バサ、バサバサバサバサ……。

兄のあとを追う者たちも、出ていった。

召使《めしつか》いたちが一歩下がり、ひざまずく。

「行ってらっしゃいまし、プセマさま」

「あとを頼《たの》む。そういえば、新しい召使《めしつか》いが来るんだったな。顔を合わせるのは後日だ」

プセマは背中《せなか》の翼《つばさ》を広げる。

兄の翼《つばさ》は大きく、すべての光を吸《す》い込《こ》む暗黒そのものだ。

プセマの翼《つばさ》は、小ぶりでしなやか、色は夜明けとも夕暮《ゆうぐ》れとも見える赤紫色《あかむらさきいろ》。

さて、どの色の翼《つばさ》が、より多く人間をだませるであろうか。

プセマも人間界をめざし、城《しろ》のバルコニーから飛び立つ。風は巻《ま》き起《お》こるが、無粋《ぶすい》な羽音は立てない。

魔物《まもの》の棲《す》む世界が、眼下《がんか》に広がる。ここは魔界《まかい》。

父は、魔界《まかい》に君臨《くんりん》する魔王《まおう》だ。

# 兄弟　～other side～

「ラライ、新しいシーツを運んでちょうだい。西の塔《とう》から順番にね」

「はい！」

ラライは魔王《まおう》の誕生日《たんじょうび》の宴《うたげ》のあと、魔王《まおう》の宮殿《きゅうでん》に入った新入りの召使《めしつか》いだ。まだ何をするにも半人前で、息つくヒマもない。

教育係の先輩《せんぱい》は、そんなラライをいつも気にかけてくれた。

「ラライ、どう？　仕事には慣《な》れた？」

「もう地獄《じごく》のような毎日です」

「まあ、ここ、魔界《まかい》だからね」

先輩《せんぱい》は、以前は魔王《まおう》のお子であるプセマのお世話係だった。

しかし魔王《まおう》の子どもたちが、後継者《こうけいしゃ》にふさわしいことを証明《しょうめい》するため、宮殿《きゅうでん》から旅立ったあと、先輩《せんぱい》は洗濯《せんたく》部屋を任《まか》されている。

ラライは洗濯《せんたく》しながら、いつも先輩《せんぱい》からプセマの話を聞かされていた。

「プセマさまの翼《つばさ》といったら、昼と夜のはざまのような、赤と濃《こ》い紫《むらさき》の美しい翼《つばさ》なの」

「プセマさまの瞳《ひとみ》には、魔物《まもの》を射貫《いぬ》く力が備《そな》わっていて、宮殿《きゅうでん》に巣くう有象無象《うぞうむぞう》の魔物《まもの》もプセマさまには従《したが》うのよ」

ラライはプセマに会ったことはなかったが、先輩《せんぱい》のおかげで、プセマに畏敬《いけい》の念を抱《いだ》くようになっていた。

魔王《まおう》の子どもたちが、人間界でどのような活動をしているかは、公《おおやけ》になっていないが、先輩《せんぱい》は人間界の様子を探《さぐ》る役目を担《にな》っている魔物《まもの》を買収《ばいしゅう》して、時々《ときどき》情報《じょうほう》を横流ししてもらっていた。

「詐欺師《さぎし》になって百人から金を奪《うば》ったんですって」

先輩《せんぱい》の声はうれしそうではない。ラライは聞き返した。

「プセマさまが?」

「兄上さまよ」

先輩《せんぱい》は落胆《らくたん》した声で続けた。

「それから祈祷師《きとうし》になって、雨を降《ふ》らせるふりをしたって。二百人だまされたとか」

「それはプセマさまが？」

「兄上さまよ」

人間界の様子を探《さぐ》る役目の魔物《まもの》はたくさんいるし、それらを使って情報《じょうほう》を得《え》ようとする者もたくさんいるので、人間界の様子はさまざまな噂《うわさ》として広まった。

先輩《せんぱい》はそういった噂《うわさ》ももれなく拾い集める。

「手品師《てじなし》になって、次々《つぎつぎ》と人をだましている。累計《るいけい》七百人だましたんですって」

「ある地方の領主《りょうしゅ》とすり替《か》わったんですって。領民《りょうみん》は六百人が気づかなかったとか」

「神と偽《いつわ》って信者をどんどん集めたんですって」

ラライはそのつど、「それは？　プセマさまの功績《こうせき》？」と聞いてみたが、いつもプセマの兄の話ばかりだった。

しかし、ある日とうとうプセマの話が魔界《まかい》に広まった。

「プセマという魔界《まかい》の王子が子どもをだましたという噂《うわさ》が、五つの村で広まっているんですって」

先輩《せんぱい》は大喜《おおよろこ》びだ。

ラライは尋《たず》ねた。

「でも、何人の子どもをだましたかわかりませんよ。子どもだけだったら……そう多くはないでしょう？」

「噂《うわさ》が広まるってことは、多くの人をだましたってことよ」

「ん？　噂《うわさ》だけでだましたことになるの？」

どうも先輩《せんぱい》は自分の主《あるじ》のことは甘《あま》く見てしまうらしい。

そこで、ラライは紙に書いて計算することにした。

「詐欺師《さぎし》になって百人だましたのも、祈祷師《きとうし》になって二百人だましたのも、お兄さまでしょう。手品師《てじなし》で七百人だましたのもお兄さま、合計千人、人間の領主《りょうしゅ》とすり替《か》わったのもお兄さまで、その領民《りょうみん》の人数は……」

集計してみると、兄がだました人間の数は九千八百人だった。

ラライはそれを先輩《せんぱい》に見せた。

「ほら、やっぱり子どもをだましたくらいじゃ、かないませんよ」

ところが、それを見た先輩《せんぱい》は大笑いした。

「こ、これは……ひっ、ふっ、くっ、ぶわっはっはっはっはっ」

先輩《せんぱい》の笑い声を聞きつけて、他の召使《めしつか》いたちもやってきた。同じようにラライが集計した紙を見ては大笑いする。

「これはおもしろい」

「そうか、ラライは、皆《みな》さんが人間界に旅立ってから、宮殿《きゅうでん》に来たんだったね」

「そのうえ、わたしたちプセマさまのお世話係としか接《せっ》する機会がなかったからねえ」

笑いつつもみんなどうやらラライに、いたわりと親しみのこもった目を向けてくれているようだ。これではラライも怒《おこ》ればいいのか、一緒《いっしょ》に笑えばいいのかわからない。

先輩《せんぱい》が口を開いた。

「ごめん。ちゃんと説明していなかったね。よくお聞き……」

先輩《せんぱい》は魔王《まおう》の子どもたちについて教えてくれた。

「えっ、兄上さまってひとりじゃないの！　しかもプセマさまには弟ぎみもいらっしゃるの？」

「兄ぎみは、ダンジェさま、ソノレスさま、ストービさま、弟ぎみは、イーボルさまとベーゼさま」

「そんなにたくさん！　それじゃあ、これまでの兄上さまの功績《こうせき》は、ひとりのものではなかったということ？」

ラライは先輩《せんぱい》の話を聞いて、王子たちの功績《こうせき》を計算し直した。

「やはり、長兄《ちょうけい》ダンジェさまの五千三百人がいちばん多いですね。これに子どもをだましただけのプセマさまが勝てますかね」

先輩《せんぱい》は微笑《ほほえ》んだ。

「勝てないと思うの？」

「だって、子どもを五千人集めるのって大変でしょう？　うーん、何か秘策《ひさく》があるのかな？」


やがて満月の日がやってきて、魔王《まおう》の子どもたちは宮殿《きゅうでん》に戻《もど》ってきた。

大広間に集まる大勢《おおぜい》の人の波にもまれながら、ラライは初めてプセマの姿《すがた》を見た。

「噂通《うわさどお》りの赤紫色《あかむらさきいろ》の翼《つばさ》。なんて美しい。真っ白い肌《はだ》に、つややかな黒髪《くろかみ》……」

ラライは、プセマの美しさに思わず見とれてため息をついた。

魔王《まおう》が姿《すがた》を現《あらわ》した。

「あと継《つ》ぎを決めた。最初に言った通り、より多くの人間をだませた者を次期王としよう。あと継《つ》ぎは、第一王女、プセマである」

ラライが魔王《まおう》の言葉に「はあ？」と言った声は、歓声《かんせい》にかき消された。

「プセマさまが王女だったなんて！　たしかにあの華奢《きゃしゃ》な体はお姫《ひめ》さまと呼《よ》ぶにふさわしいわ……でもだました人間の数は長兄《ちょうけい》のダンジェさまがいちばんだったはず。あっ！」

ライは気づいた。

「もしかして、『魔界《まかい》の王子が子どもをだましたという噂《うわさ》』で人数を数えるの？　だまされた子どもの数ではなく『噂《うわさ》を信じた人がプセマさまを王子と思《おも》い込《こ》んだ』、つまり噂《うわさ》を聞いた人の数がだまされた人の数ってこと？」

ライの言葉に先輩《せんぱい》が笑った。

「プセマというのは人間の言葉で『嘘《うそ》』という意味だからね。プセマさまにぴったりね」

「でも、噂《うわさ》を聞いた人を全部足しても五千人もいるかな？　ひとつの村でもせいぜい数百人しか人間はいないでしょう？　五つの村だったら……」

壇上《だんじょう》のプセマは、ライの声が聞こえたかのように、ライを見た。

プセマと目が合ったライは、びっくりして頭がぼうっとなる。

その頭の中に、直接《ちょくせつ》語りかける声が響《ひび》いた。

「他にもいるよ。これを読んでいる読者という人間が」

玉座《ぎょくざ》に座《すわ》ったプセマは、あなたを見て微笑《ほほえ》んだ。

# 告白《こくはく》は映画《えいが》が終わってからにして

映画《えいが》の前売り券《けん》が余《あま》っているからと嘘《うそ》をついて好きな男の子を映画《えいが》に誘《さそ》った。
映画《えいが》のタイトルは『告白《こくはく》は映画《えいが》が終わってからにして』。
きゃ――――、もう私《わたし》の気持ちそのまんま！
映画《えいが》が始まった。
男の子が好きな女の子を映画《えいが》に誘《さそ》う。ふたりの出会いから現在《げんざい》までの回想シーン。
同じクラスで隣《となり》の席になり、ケンカして、ちょっと気になって、やたら目が合う。
ああ、私《わたし》たちと同じ！　映画館《えいがかん》の座席《ざせき》、服が触《ふ》れ合《あ》う右ひじが熱い。
映画《えいが》のラストで男の子が告白《こくはく》し、ＯＫ《オーケー》の返事！
映画《えいが》が終わって館内が明るくなった。さあ、次は私《わたし》の番！　勢《いきお》いよく横を見た。
「ねえ、つき合ってくれる？」

# 告《こく》白《はく》は映《えい》画《が》が終わってからにして ～other side～

大好きなアイドル、本橋南花《もとはしなんか》ちゃんが出演《しゅつえん》する映画《えいが》に誘《さそ》われた。

同じクラスで、よくオレをにらんでくる女子が「前売り券《けん》が余《あま》ってる」と言ったのだ。

ああ、南花《なんか》ちゃんかわいい。美しい。あっというまに九十分が過《す》ぎる。

もう一回見たいな。今回タダだったし、次の回のチケット買っちゃおうかな。

今からチケット売り場に行けば間に合うかな？　と考えていたら、隣《となり》の女子が言った。

「ねえ、つき合ってくれる？」

そうか！　おまえももう一回見たいのか！　南花《なんか》ちゃん、女子にも人気だもんな。

「え、まじ？　おまえも？　オレもオレも。よし、走って行こうぜ！」

すげえ笑顔でついてくる。仲間よ、今まで変な女子とか思っててごめんなっ！

「ほんとにつき合ってくれるの？　理由を教えて」

「そんなの決まってる。かわいい、美しい、愛《いと》おしい！　世界一愛してるからだっ」

## 壺《つぼ》

惜《お》しい。あんた、壺《つぼ》さえあればすぐに成功するだろうに。

なんのことかって？

それは、成功する人間だけが手に入れられる壺《つぼ》。

「成功する運」がない人間は、知らないまま、終わる。

壺《つぼ》を手に入れた者はそこに、悩《なや》みを、怒《いか》りを、喜《よろこ》びを、悲しみを、悔《くや》しさを、苦痛《くつう》を……ありとあらゆる感情《かんじょう》を入れる。気になったことや、疑問《ぎもん》を入れておくこともある。

そしてふたをして待つ。

壺《つぼ》はその中に入れたものを熟成《じゅくせい》させ、豊《ゆた》かな実りへと成長させる。

ふたが開いた時、そこから出てくるのは、ひらめき、斬新《ざんしん》な企画《きかく》、あるいはうっとり聞きほれるメロディー、きらめく言葉や、心躍《こころおど》るストーリー。

壺《つぼ》がなければ一時の感情《かんじょう》や疑問《ぎもん》として流れ去るものが、お宝《たから》に変わるってことさ。ひとかどの人物はたいてい、壺《つぼ》を隠《かく》しもっている。成功の秘訣《ひけつ》だ。若《わか》い社長やベストセラー作家なんかも、皆《みな》、もってるねぇ。

ほう、あんた、小説家志望《しぼう》か。いや、思った通りだ。ああ、そう見える。だから声をかけたのさ。あんたはいい小説家になれる、壺《つぼ》さえあれば。

どこで買えるかって？　これがなかなか難《むずか》しい。そこらの店では売っていない。手に入れた連中は秘密《ひみつ》にしておきたいから教えない。

よく、「成功の秘訣《ひけつ》を教えます」なんて書物があるけれどね。本当の秘訣《ひけつ》、壺《つぼ》のことには触《ふ》れもしない。そりゃそうだよねぇ、だれだってライバルは増《ふ》やしたくない。

だが、わしは、あんたが気に入った。満月の夜に森を歩きたくなるやつは、心が純粋《じゅんすい》だ。特別に教えてやろう。

専門《せんもん》の壺屋《つぼや》がいるのさ。店をかまえない、旅から旅への、行商人だ。会おうと思ってもかんたんには会えない。壺屋《つぼや》は壺《つぼ》を売りたいと思う相手の前にしか現《あらわ》れない。

あんた、ついてるよ。わしがその壺屋《つぼや》だ。

壺《つぼ》をどこから仕入れてるのかって？

壺《つぼ》を焼いているのはどこの国の職人《しょくにん》かって？

具体的に、どうやって感情《かんじょう》を壺《つぼ》に入れるのかって？

おやおや、目の色変えて、矢継《やつ》ぎ早《ばや》の質問《しつもん》かね。メモまで取ろうっていうのかい。

壺《つぼ》をネタに小説を書く？　小説のネタ探《さが》しの旅の途中《とちゅう》だったってのか。

ありゃ、わしとしたことが変なのに声をかけちまったぜ。

今の話は、忘《わす》れてくれ。なし、なし。

しつこいね、わしもヒマじゃないんで、もう行くよ。

なんでついてくるんだね。壺《つぼ》を見たい？　知らないね、そんなもの。知ってたとしても企業秘密《きぎょうひみつ》ってやつだ。客でもないやつに話すわけないだろ。

取材に協力したら謝礼《しゃれい》を払《はら》うって？　壺《つぼ》も買いたいって？　それを早く言いなよ。

うむ、売ってやらんこともない。あんたの手持ちの金しだいだな。

壺《つぼ》はある場所に隠《かく》してある。ひと抱《かか》えもある大きな壺《つぼ》でね、一見素朴《そぼく》だが、何千年も前に焼かれた、貴重《きちょう》な骨《こっ》とう品《ひん》さ。

すぐそこだよ。旅の途中《とちゅう》でいつもこの森に立《た》ち寄《よ》るんで、休憩用《きゅうけいよう》の小屋をつくってあるのさ。

それで、今、いくら、財布《さいふ》に入っているかね？

やれやれ、これっぽっちか。

これからベストセラーでかせいで金持ちになるって？

小説のタイトルは「壺《つぼ》」？

ひねりもしゃれも、ありゃしねぇ。そんなタイトルじゃ、売れねえよ。

壺《つぼ》のご利益《りやく》で成功するはずだろって？

そ、そう、その通り。そんなタイトルでも夢《ゆめ》のようなベストセラーになるさ。

壺《つぼ》を買えば天国が待ってるぜ。

# 壺《つぼ》 ～other side～

そろそろ新しい生活をはじめたいって思ってたんだ。

今の生活にはすっかり嫌気《いやけ》がさしていた。

うちのご主人が私《わたし》を買おうとする人をだましていい気にさせ、すきを見て殺《ころ》し、財布《さいふ》を奪《うば》う。

そしてその死体を私《わたし》の中に入れて、ひとけのない森の中や沼《ぬま》に運んで捨《す》ててしまうのさ。ひどいご主人だろ。

それはこれまで何度も何度もくり返されてきた。

特に満月の夜はどいつもこいつもうわついていて、すぐにカモが見つかる。

私《わたし》はもちろんいい気はしない。

ご主人にだまされたからとはいえ一度は私《わたし》を買おうと、私《わたし》と一緒《いっしょ》に暮《く》らそうと思ってくれた人なんだから、できれば幸せになってもらいたい。

ああ、こんなご主人と一緒《いっしょ》にいる限《かぎ》り、私《わたし》も幸せにはなれないな。


でも今日はちょっとちがった。

今日のお客はなんといっても顔が私《わたし》の好みだ。

褐色《かっしょく》の肌《はだ》に黒い長髪《ちょうはつ》、瞳《ひとみ》はこの世のすべてを吸《す》い込《こ》みそうな漆黒《しっこく》で、小説家にしておくにはもったいないほどのいい男だ。

よし、私《わたし》の新しいご主人はこの人に決めた。

そうと決まれば、あとは長年の計画通りに、ことを進めよう。

ご主人が男に言った。

「それで、今、いくら、財布《さいふ》に入っているかね?」

男は、指を数本立てる。

「やれやれ、これっぽっちか」

少なくてもかせぎがまったくないよりはましだと思ったのだろう。ご主人はそう言いながらも、男に私《わたし》をよく見せようと、いつもの通り私《わたし》のフチに手をかける。

私《わたし》は長年ご主人がお客を始末する時に使った毒物《どくぶつ》を、体の内側にためている。

容器《ようき》からこぼれたり、しずくとして垂《た》れてたまったりした毒《どく》を今、渾身《こんしん》の力をこめて、ご主人の手のまわりに染《し》み上《あ》がらせた。

私《わたし》の体を伝って、ご主人の手にじんわり毒《どく》がついていく。

男が差し出した少額《しょうがく》の紙幣《しへい》を、ご主人は反対側の手で受け取った。

ご主人は私《わたし》を地面に置いて、うれしそうに両手で紙幣《しへい》を握《にぎ》りしめる。

そしてこれまたいつもの通り、指をペロリとなめてから紙幣《しへい》の枚数《まいすう》をていねいに数えはじめる。

いつもとちがうのは、その指に毒《どく》がついていること。

ご主人が「うっ」とうめいて膝《ひざ》をつく。

相変わらず、すぐに効《き》く毒《どく》だこと。

ご主人は両手を首にあて苦しそうに倒《たお》れると、そのまま動かなくなった。

さあ、これでじゃま者はいなくなった。
新しいご主人、私《わたし》をあなたの家に連れてって。
ご主人？
新しいご主人？
待って！
やだ、そんな顔しないで！
叫《さけ》ばないで！
行ってしまわないで──！
戻《もど》ってきて────！

# 遅《おく》れてごめん

カオリ、怒《おこ》ってるだろうなあ。おれ、また待ち合わせに遅刻《ちこく》だ。いつもデートに遅《おく》れて、あいつを怒《おこ》らせてばかり。

おれは作家。原稿《げんこう》書かなきゃ収入《しゅうにゅう》ゼロ。だから、必死に書く。書きはじめると、小説世界がすべてになる。時間を忘《わす》れる。彼女《かのじょ》との約束も忘《わす》れる。

自分で言うのは嫌《いや》だけど、正直に言うよ。おれは売れない作家。印税《いんぜい》で暮《く》らすなんて、夢《ゆめ》のまた夢《ゆめ》。だから、依頼《いらい》された仕事はどんなに小さくても引き受けた。だって、収入《しゅうにゅう》のない男がプロポーズするわけにいかないだろ。

スンマセン、少し、嘘《うそ》がまじったかも。

結婚《けっこん》を最優先《さいゆうせん》に考えるなら、転職《てんしょく》って道もある。むしろそっちのほうが近道かもしれない。にもかかわらず、それはできなかった。おれ、作家をあきらめたくなかったんだ。

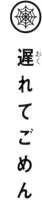

でも、カオリを好きだっていうのは、本当に本当。

だから、カオリが合コンに参加したって話を友人から聞いて、あせった。新しい恋人《こいびと》を探《さが》そうとしてる？　いや、カオリはそんな女性《じょせい》じゃない。数合わせに参加を頼《たの》まれ、断《ことわ》れなかったにちがいない。だけど、カオリにほれる男がいるかも……おれは不安でたまらなくなった。彼女《かのじょ》はぜったいにだれにも渡《わた》さない。

だったら、早くプロポーズしろって話だよな。


カオリ、ごめんな。待ち合わせに、大幅《おおはば》に遅《おく》れる。

でもさ、今日は、おまえとの約束を忘《わす》れてたわけじゃないんだ。

だって、おまえの誕生日《たんじょうび》じゃん。忘《わす》れるわけない。

夕べから、おまえと会った時のことを考えて、ドキドキして、眠《ねむ》れなかった。

眠《ねむ》れないまま朝を迎《むか》えて、シャワーを浴びて、パリッとした服を着た。

待ち合わせの二時間前に家を出て、散髪屋《さんぱつや》へ行って、髪《かみ》も切った。

ばっちり、決めたんだぜ。

もうひとつ決めるつもりで、ズボンのポケットに指輪を入れてあった。

ジュエリーショップで買ったやつ。おれにしては大奮発《だいふんぱつ》。

それをなんでポケットなんかに入れるのかって?

さりげなく出したいじゃん。それが、おれの、美意識《びいしき》なの。

歩きながら、ポケットに手を突《つ》っ込《こ》み指輪を何度も確《たし》かめ、プロポーズの言葉を口の中でくり返し練習して、おまえのことだけ考えて——。

赤信号にも、走ってくるトラックにも、気づかなかった。


カオリ、本当にごめん。

誕生日《たんじょうび》を一緒《いっしょ》に祝えない。

なんでこんな大事な時に、遅《おく》れちゃうかなあ、おれ。

だけど、なんとかする。

誕生日《たんじょうび》には間に合わなくとも、カオリのところへ戻《もど》るから。

誕生日《たんじょうび》の待ち合わせをすっぽかすなんて、おれ、死んでも死にきれない。


がんばったぜ、おれ。

あの世の入口で、ごねまくり、泣き落とし、脅《おど》した。

せめてもう一度、カオリに会わせてくれなきゃ、悪霊《あくりょう》になってやるって。

コネも使った。ほら、カオリがクモに悲鳴をあげるたびに、おれ、クモを外に逃《に》がしてやってたじゃん。殺《ころ》さずにね。あの恩返《おんがえ》しを求めたの。

言ってみるもんだね。聞《き》き届《とど》けてもらえたよ。

「特別に、クモの体を借りて、よみがえらせてあげましょう」って。


そんなわけで、カオリ。

待ち合わせから、一週間も遅《おく》れてしまった。

ごめんな。
でも、来たよ。おまえに、愛を告《つ》げたくて。
まぁ、少しばかり姿《すがた》は変わってしまったけれど、おれだ。
おまえの目の前にいるよ。小さな黒いクモになって。
うわっ、何すんだよ、あっぶねぇ。
いきなり、クッションを投げつけるか？
よく見ろよ。けっこうかわいいクモだろ。
い、いや、ちょっと待て。おれだよ、おれ。
おい、新聞を丸めて、何を……わわわ、振《ふ》りまわすな。
あはは、コントロール悪すぎ、いろんなものを倒《たお》しまくってさ。
テーブルのスマートフォンも床《ゆか》に落ちたぞ……お、ひらめいた、これだ。
おれは必死で、スマートフォンの上で飛《と》び跳《は》ねたり、転がったりする。
画面に文字が並《なら》ぶ。

〈あいしてる〉

ほら、見ろ。見ろって。

よみがえりだってば。おれだってば、おれ、おれ。

やっと通じた？　ああ、感動の再会《さいかい》だ。

わ、怒《おこ》り出《だ》した。なんでクモなんかにって。

あれ？　今度はニヤリって、まるで悪だくみを思いついたような顔だ。

そんな小悪魔的《こあくまてき》なところも、魅力《みりょく》だけどさ。

カオリは、おれを見下ろし、言った。

「最低。私《わたし》が、クモを大《だい》っ嫌《きら》いなことを知ってて、クモになるなんて」

その声の冷たさに、おれは、八本の足を縮《ちぢ》める。

「だけど、私《わたし》の言うことを聞いてくれるなら、許《ゆる》してあげる」

ああ、もちろん、なんでもする。カオリ、愛してるよ。

# 遅《おく》れてごめん ～other side～

「かんぱーい！」

カジュアルフレンチでの合コンは三対三、今回の女の子たちはおれの好みではない。おれは早々《そうそう》に帰ろうと決め、飲み食いしつつまわりの会話に適当《てきとう》にあいづちを打っていた。

「こいつマサキ、家が超《ちょう》金持ちなんだぜ」

ケントがおれの肩《かた》に腕《うで》をまわす。

「やめろよ」

おれはケントに向かって言った。今日は積極的にアピールしたい相手もいないからその話はしなくていい、そう目で訴《うった》えかけたがケントには伝わらない。トークが苦手なケントは、すぐ持ちネタがなくなって毎回同じ話を振《ふ》ってくる。

いつもと同じように、女の子たちの目つきが変わった。

「うっそー、本当に？」

隣《となり》に座《すわ》っているカオリという子が上目遣《うわめづか》いでおれを見る。

おれより先にケントが答えた。

「そうそう、親の車なんてプジョーだぜ」

「ぷじょー？」

「外車だよ。ほらライオンが二本足で立ってるマークの。ガオーって」

「あー、知ってる。あれ、高そうだよね」

たしかにおれの親は金持ちだ。おれは親の金でまあまあ広いマンションにひとりで住んでいる。バイト先の不動産仲介事務所《ふどうさんちゅうかいじむしょ》も、休みまくっているおれをやめさせられないのはおれが親のコネで入ったからだ。

カオリはおれをターゲットに決めたようで、あれこれ質問《しつもん》しはじめた。

でもおれは、カオリには他に男がいるんじゃないかと疑《うたが》った。

スマートフォンのケースについているチャームが有名ブランドのもので、ペアで愛用するタイプのアイテムだったからだ。

「カオリちゃんだっけ？　彼氏《かれし》いるんじゃないの」

「えっ、いないよー」

「ほんとに？　彼氏《かれし》よりいい条件《じょうけん》の男がいたら乗りかえようとか、たくらんでない？」

「まっさかー。いないいないない」

カオリはグイッとグラスをあおると「ちょっとトイレ」と立ち上がった。

ところが「きゃっ」と声をあげて、カオリは再《ふたた》び座《すわ》り直《なお》した。

「クモ！　壁《かべ》に茶色いクモがいる。私《わたし》、クモ大《だい》っ嫌《きら》いなの！　なんとかして！」

おれは「クモ大《だい》っ嫌《きら》いなの」とか言う女はあまり好きじゃない。

「クモは大切にしろ！」

「は？」

「クモは益虫《えきちゅう》だ。わかるか？　人間の役に立つ、いい虫だ」

「何言ってんの？　早く退治《たいじ》してよ」

カオリが、おれに向かってイラついたような声を出したので、カチンときた。おれは心底呆《あき》れたような表情《ひょうじょう》をして見せた。

「退治《たいじ》なんてしないよ。おれ、虫が苦手な女が苦手なんだよね」

カオリが「しまった」という顔をする。おれはおもしろくなって言葉をつけ足した。

「もしクモと仲良くなったら、カオリちゃんの言うこと、なんでもひとつ聞いてやるよ」

そのあとはさして盛《も》り上《あ》がらず、合コンは一次会でお開きになった。


二週間後、おれが風呂《ふろ》上がりにまったりしていると、インターホンが鳴った。

モニターを見るとカオリが立っていた。カオリはインターホンに向かって話し出した。

「マサキくん、こんばんは！　ケントくんに住所聞いて来ちゃったー」

(ケントのやつ、勝手なことを……)

「クモと仲良くなったら私《わたし》の言うことなんでも聞いてくれるんだよね！」

「は？」

「私《わたし》、クモと仲良くなったよ」

「はぁ？」

少し興味《きょうみ》が湧《わ》いて、ついロックを解除《かいじょ》してしまった。

エレベーターを上がり、カオリが家に入ってくる。

リビングのソファーに座《すわ》ると、カオリはスマートフォンを取り出した。

「見て」

「え？　何？　スマホ？」

「その上」

よく見るとカオリのスマートフォンの上に、小さな黒いクモがのっていた。

「この子、私《わたし》とおしゃべりできるの」

「それはそれは……どうやってしゃべるの？」

カオリがスマートフォンをテーブルに置いた。

「ねえ、私《わたし》の名前を入力して」

するとクモは、スマートフォンの上を歩いたり、飛《と》び跳《は》ねたり、背中《せなか》を押《お》しつけたりして、メモ帳アプリを開くと『カオリ』と入力した。

おれはおどろいた。

「マ、マジで？　小型《こがた》ロボットか何か？」

「まさか、手にのせてみたら？　本物のクモだよ」

おれは首を横に振《ふ》った。なんだか怖《こわ》い。

「そ、それで？」

「クモと仲良くなったら、私《わたし》の言うこと、なんでも聞いてくれるって言ったよね」

「え？　なんでもって……限度《げんど》があるけど」

「ずるい。あとからそんなこと言うなんて」

「だって、一億よこせとか言われたら、さすがに無理だし」

「大丈夫《だいじょうぶ》、できないことは言わないよ。私《わたし》と結婚《けっこん》を前提《ぜんてい》につき合って」

「えっ！」

クモは益虫《えきちゅう》だから大切にしろとは言ったが、カバンに入れて持ち歩けとか、スマートフォンでコミュニケーションを取れとは言ってない。

そんな女は怖《こわ》い、つき合えない。

「ちょっと待って、つき合うって？　結婚《けっこん》って？　いきなりすぎない？」

「私《わたし》、料理も掃除《そうじ》も得意《とくい》だし、いい奥《おく》さんになるよ」

その時、おれのスマートフォンが振動《しんどう》した。

「あ、友だちから呼《よ》び出《だ》しかも」

おれは話をそらそうと、スマートフォンを急いで操作《そうさ》した。いつもはうとましい親からのメッセージでも今なら大歓迎《だいかんげい》だ。

ところが、メッセージの送り主はカオリだった。カオリはソファーに座《すわ》り、スマートフォンには触《ふ》れていないのに。おそるおそるメッセージを開けてみる。

『カオリはおれのものだ』

「ひっ！」

おれは思わず自分のスマートフォンを落とした。クモだ、カオリのスマートフォンの上のクモがおれにメッセージを送ってきたんだ。

「どうしたの？」

カオリはおれのスマートフォンを拾い上げて、画面を見た。

そして、テーブルの上の自分のスマートフォンの、その上にのっているクモに向かって言った。

「おれのもんって何よ！　あんた、もうクモでしょう？」

おれのスマートフォンが鳴る。

『カオリはだれにも渡《わた》さない。おれと結婚《けっこん》するんだ』

それを読んだカオリは声を荒《あら》らげた。

「嫌《いや》よ、私《わたし》、マサキくんと結婚《けっこん》する。お金持ちと結婚《けっこん》してセレブになるんだから」

そこまではっきりと金目当てと言われたことはさすがにない。「金目当てなら他を当たってくれ」と言おうと顔を上げた。

その時、何かがおれの顔に触《ふ》れた。

見えないけれど何かがある。手で払《はら》ってよく見てみると、それはクモの糸だった。

その糸をたどって上を見ると、

「ひぃぃぃっ」

天井《てんじょう》に大小さまざまなクモがいる。うじゃうじゃと天井《てんじょう》をはい、壁《かべ》を伝って、こちらに迫《せま》ってくる。カオリのクモが仲間を呼《よ》んだのか!?

「うわぁぁ――」

おれは家を飛び出した。

「待って、マサキくん」

後ろでカオリの声がしたが、振《ふ》り返《かえ》らず走った。

その日はケントの家に泊《と》まり、翌日《よくじつ》、虫が好きな友人を集めてマンションに帰ってみると、リビングでカオリが倒《たお》れていた。

カオリの体は、繭《まゆ》のようにぎっしりクモの糸に巻《ま》かれている。

「まだ息があるぞ。救急車《きゅうきゅうしゃ》！」

ケントがそう叫《さけ》んで自分のスマートフォンを取り出した。

ふと見ると、カオリの左手はスマートフォンを握《にぎ》っている。おれは気になってカオリのスマートフォンの画面を見た。そこにメッセージがある。

【クモの姿《すがた》になんかならなければ、おれは本当にカオリと結婚《けっこん》したかったんだ。おどろかせてごめん。カオリ、幸せになれよ】

よく見ると、カオリの左手の薬指には、クモの糸がまるで指輪のように巻《ま》きつき、陽《ひ》に当たってキラキラとかがやいている。そばでクモが死んでいた。

「おまえ、元は人間だったのか？ それでカオリと結婚《けっこん》したかったのか……」

おれは少し感動した。

救急車《きゅうきゅうしゃ》のサイレンが聞こえはじめた。

# 王子の噂《うわさ》

　昔イピラという国があり、そこで王子が生まれた。

　しかし国王は王子を愛そうとしなかった。王位継承者《おういけいしょうしゃ》となるはずなのに、誕生《たんじょう》を祝う式典は開かれず、都から遠いところでは王子が生まれたことさえ知らない人も多かった。

　后《きさき》も国王にならっているのか、あまり王子をかわいがる様子を見せない。

「王子の養育はベルマン伯爵《はくしゃく》に一任《いちにん》する」

　王宮に出入りする貴族《きぞく》の中でもひときわ貧《まず》しく目立たない伯爵《はくしゃく》に王子の養育が任《まか》された。そのため他の貴族《きぞく》たちは「本当に国王は王子のことを愛していないのだ」と噂《うわさ》し合った。国王に大切にされない王子などに用はない、とだれも王子に近づかない。

「私《わたし》の何がいけなくて、父上は私《わたし》を愛してくださらないのだろう」

　ベルマン伯爵夫妻《はくしゃくふさい》は親身に王子の世話をしたが、それでも王子は国王と后《きさき》が恋《こい》しかった。国と国民を深く愛し、その平和と繁栄《はんえい》のため働く国王と、彼《かれ》に付《つ》き従《したが》う后《きさき》を尊敬《そんけい》すればするほど、彼《かれ》らの子に生まれながら愛されることのないわが身をなげいた。

学問も乗馬も剣《けん》も、人一倍努力をして教育係たちが舌《した》を巻《ま》くほどの上達ぶりを見せているのに、それでも国王が喜《よろこ》んだり、王子をほめたりすることはなかった。

「私《わたし》にいたらぬところがあれば教えてください」

王子は国王に訴《うった》えた。国王はまわりに貴族《きぞく》や召使《めしつか》いたちがいるのに、冷たく答えた。

「すべてだ。その存在《そんざい》が気に入らぬ。理由はない。王位継承権《おういけいしょうけん》を捨《す》てて去れ」

「……わかりました。父上が私《わたし》を嫌《きら》いなように、私《わたし》も父上を嫌《きら》いになりましょう」

王子は悲しみのあまり、王宮を出てベルマン伯爵《はくしゃく》の別荘《べっそう》へ引きこもった。

そのあとすぐに、隣国《りんごく》の軍隊が攻《せ》め入《い》ってきた。西の国、東の国の二国が同盟《どうめい》を結び同時に攻撃《こうげき》を仕掛《しか》け、あっというまにイピラは滅《ほろ》ぼされ領土《りょうど》を分断《ぶんだん》されてしまった。

国王は西の国の小さな村に退《しりぞ》き、幽閉《ゆうへい》されたものの、老齢《ろうれい》のためなんとか命だけは助けられた。

隣国《りんごく》の国王たちは「たしか王位継承者《おういけいしょうしゃ》の王子がいたはずだ」と王子を探《さが》したが、だれに聞いても、王位継承権《おういけいしょうけん》をはく奪《だつ》された、できの悪い王子の話しか出てこない。

そのうち「抵抗勢力《ていこうせいりょく》にはなるまい」と判断《はんだん》され、王子の捜索《そうさく》は打ち切られ、王子は王宮から遠く離《はな》れた森にある小さな館に逃《に》げのびることができた。

「敵国《てきこく》からも相手にされないとは。私《わたし》は本当にダメな人間なのだな」

「それはちがいます王子。今こそ本当のことをお話ししましょう」

ベルマン伯爵《はくしゃく》は静かに語りはじめた。

「わが国は王子が生まれる前からいつ隣国《りんごく》に攻《せ》め込《こ》まれるかわからない状態《じょうたい》だったのです。王宮にも敵国《てきこく》のスパイが何人もまぎれていました。もし攻《せ》め込《こ》まれることになればいちばん先に命をねらわれるのは次期国王であるあなただと考えた国王陛下《こくおうへいか》は、わざとあなたを遠ざけ、王位継承権《おういけいしょうけん》を奪《うば》ったのです。そして泣く泣く王宮の人々《ひとびと》にも王子を尊重《そんちょう》しないよう、悪い噂《うわさ》を流すよう命じました」

「嘘《うそ》だ」

「いいえ、国王陛下《こくおうへいか》は本当は王子をとても愛しておいででした。毎日王子が眠《ねむ》ったあと、われわれを自室に呼《よ》び、王子の様子を聞くのを楽しみにしておられました。馬に乗れるようになったといえば喜《よろこ》ばれ、木から落ちたといえば心配され、それは普通《ふつう》の父親と変わらぬ情愛《じょうあい》の深さでした。王子が国王陛下《こくおうへいか》を慕《した》って泣いた分だけ、陛下《へいか》も王子を想《おも》って泣いておられたのです。王宮の人々《ひとびと》も同じ、皆《みな》で王子を守ったのです」

「それは本当か？　私《わたし》は父上になんとひどいことを言ってしまったのだろう。一刻《いっこく》も早く父上を助けにいかねば」

「お待ちください。国境《こっきょう》の警備《けいび》もいつかはゆるくなりましょう。その時までの辛抱《しんぼう》です」

数年後、王子は国中に散らばっていた貴族《きぞく》を呼《よ》び集《あつ》めた。貴族《きぞく》たちはわれ先にと集まり王子に忠誠《ちゅうせい》を誓《ちか》うと、西の国、東の国の両王が会談している城《しろ》を攻《せ》め、彼《かれ》らを降伏《こうふく》させた。

王子は幽閉《ゆうへい》されていた国王を見つけ出し、ふたりはかたく抱《だ》き合《あ》った。

# 王子の噂《うわさ》 ～other side～

その国の名はイピラ。

「王子は幽閉《ゆうへい》されていた国王を見つけ出し、ふたりはかたく抱《だ》き合《あ》った」

と、報告《ほうこく》を受けた時、わたしの胸《むね》に吹《ふ》き荒《あ》れた感情《かんじょう》を、だれが知ろうか。

わたしは、その王子の母。その国王の后《きさき》。


わたしはイピラの北の大国――エビイス国の第三王女として生まれ、十六歳《さい》でイピラ国王に嫁《とつ》いだ。王族同士《どうし》の政略結婚《せいりゃくけっこん》ではあったが、思慮《しりょ》深い国王を好きになった。国王もわたしを大切にしてくれ、幸せだった。

王子が生まれるまでは。

王位継承者《おういけいしょうしゃ》が生まれたというのに、国王は喜《よろこ》ばなかった。誕生《たんじょう》式典も行《おこな》われず、エビイス国の国王と后《きさき》――わたしの両親に知らせを出すことまで禁《きん》じられた。そのうえ、生まれたばかりの王子をわたしから引《ひ》き離《はな》し、配下の貧乏貴族《びんぼうきぞく》・ベルマン伯爵夫妻《はくしゃくふさい》に預《あず》け、養育を任《まか》せてしまった。

そして、わたしに、王子に近づくなと命令を下《くだ》した。

わけがわからなかった。わたしが母として頼《たよ》りないなら、乳母《うば》や教育係を雇《やと》えばよい。わたしもそうして育ったし、国王もそのはずだ。けれど、何度、懇願《こんがん》しても聞き入れてもらえず、その理由も教えてもらえなかった。

わたしに何か落ち度があったのだろうか。わたしは泣《な》き暮《く》らした。産後で弱っていたこともあり、ますます調子を崩《くず》した。やつれ、肌《はだ》も荒《あ》れ、目も腫《は》れ、ひどい顔のまま、ベッドに伏《ふ》して起き上がれない日々《ひび》が続いた。

追い打ちをかけるように、噂《うわさ》が流れてきた。

「あの后《きさき》はみにくい顔で、寝《ね》ているばかりの役立たず。国王が王子を嫌《きら》うのは、あの后《きさき》が産んだ子だからだ」

わたしは、泣くのをこらえた。荒《あ》れた肌《はだ》に化粧《けしょう》をして、無理にも笑顔を浮《う》かべた。

わたしのせいで、王子が悪く言われないように。

王子が、これ以上、国王に嫌《きら》われないように。

そうしたら今度は、后《きさき》はだれにでも愛想《あいそ》笑いをする、媚《こび》を売る、とかげで非難《ひなん》された。

王子は、国王の子ではないのかも。国王もそれに気づいたから王子に冷たいのではないか。そんなひどい噂《うわさ》まで、ささやかれた。

王宮は針《はり》のむしろだった。生まれ育ったエビイス国に帰りたかった。それをこらえたのは、王子が王宮にいたからだ。

触《ふ》れることも声をかけることもできなかったが、遠目に姿《すがた》をかいま見ることはあった。それが、ささやかな幸せだった。

そして何より、わたしは王子を守りたかった。

この国は、政治《せいじ》が正しく行《おこな》われ、平和だった。けれど、武力《ぶりょく》に秀《ひい》でているとはいえず、常《つね》に、西と東の国から領土《りょうど》をねらわれていた。だからこそ、北側のわがエビイス国と婚《こん》姻関係《いんかんけい》を結んだのだ。

西の国も、東の国も、エビイス国を敵《てき》にまわしたくないはずだ。エビイス国の王女でもあるわたしが王宮にいる間は、西も東も襲《おそ》ってこないのではないか？

そう考えたから、わたしは王子を守るために、王宮にいた。

ある夜、王子の養い親であるベルマン伯爵《はくしゃく》が、国王の部屋に入っていくところを見た。王子の話だろうか。王子の様子を少しでも知りたい。はしたないと思いつつもわたしはドアに近づき、声がもれ聞こえるだけわずかにすきまを開けた。

はたして、王子の話であった。

——好き嫌《きら》いもなく食欲旺盛《しょくよくおうせい》、健《すこ》やかに育《そだ》ち盛《ざか》りでございます。

わたしの胸《むね》に伯爵《はくしゃく》への感謝《かんしゃ》が湧《わ》き起《お》こる。

——乗馬も剣《けん》も、メキメキと上達されました。さすがは国王の血筋《ちすじ》です。

——うむ、そうか。

わたしは、国王の声に、はっとした。心から喜《よろこ》んでいる声だ。ふだんの、王子に対する冷たい態度《たいど》とまったくちがう。

——これからも、王子をよろしく頼《たの》む。

国王が伯爵《はくしゃく》に頭を下げている気配までする。

わたしはドアから離《はな》れ、王宮の通路に隠《かく》れた。ベルマン伯爵《はくしゃく》を呼《よ》び止《と》め、問《と》い詰《つ》めるために。

わたしとて、王女として育った身。必要とあれば、脅《おど》すことも、泣き落とすこともできる。心優《こころやさ》しい伯爵《はくしゃく》は、わたしの涙《なみだ》に勝てなかった。

すべてを聞き出した。

最初にわたしの中にうずまいた感情《かんじょう》は、怒《いか》りだった。

なぜ、国王は、わたしに話してくれなかったのか。

王子を守るためだと、ひとこと告《つ》げてくれれば、これほど苦しまなかったであろうに。

わたしも国王に心を寄《よ》り添《そ》わせたであろうに。

信用されていなかったということだ。国王にとってわたしは、夫婦《ふうふ》になってなお、いつ敵国《てきこく》になるかわからないエビイス国の王女だったということだ。

わたしは、真心を国王にささげたのに。

国王を恨《うら》んだ。

そしてとうとう、王子が王宮を去った。

その夜。噂《うわさ》好きの侍女《じじょ》が部屋にいることを確《たし》かめてから、わたしは故郷《こきょう》からの手紙を受け取ったふりをした。

「国に帰れと、お父さまから命令が――」

と声に出し、あわてて語尾《ごび》をのみ込《こ》む芝居《しばい》もした。

噂《うわさ》はすぐに広がり、敵国《てきこく》のスパイにも届《とど》くだろう。

そしてわたしも王宮を出た。

スパイは、イピラがエビイス国の保護《ほご》を失ったと判断《はんだん》するだろう。

この日に備《そな》え、用意はしてあった。

わたしに同情《どうじょう》を寄《よ》せる、軍の第一隊長に、エビイス国までの警護《けいご》を頼《たの》んだ。王宮の軍《ぐん》備《び》が手《て》薄《うす》になることを承知《しょうち》の上で。

西と東の両国が王宮に攻め入《せい》ったのは、わたしが王宮を去った翌日《よくじつ》だった。予想以上の速さだった。軍の第二隊長が西のスパイだったことは、あとで知った。

わたしはエビイス国で過《す》ごしながら、王子を守るために、あらゆる手を使った。西と東の国王に金銭《きんせん》を送り、エビイス国の武力《ぶりょく》もちらつかせ、王子の捜索《そうさく》を打ち切らせた。

王子が国王の血筋《ちすじ》ではないという噂《うわさ》も利用した。

ひそかに王子を見守り、そして、待った。彼《かれ》がたくましく成長をとげる日を。


長い夜が明けた。

すばらしい朝だ。

わたしは、最高の技術《ぎじゅつ》をもつ仕立て屋が最上級の布《ぬの》でつくったドレスを、着る。

わたしの美しさと威厳《いげん》に、まわりの者たちがひざまずく。

馬車が着いたようだ。使者の声もする。イピラ王宮からの迎《むか》えだ。

わたしは国王を許《ゆる》した……正直に言えば、戦いに敗れ、老いて、権力《けんりょく》も魅力《みりょく》も失った国王など、もうどうでもよい。

皮肉なことだが、国王がわたしを信じなかったからこそ、わたしも良心を痛《いた》めることなく思う存分《ぞんぶん》、策略《さくりゃく》をめぐらせることができた。その才能《さいのう》を伸《の》ばした。人を思うがままに動かすコツも学んだ。

今や、イピラで力をもつ者たち——将軍《しょうぐん》、貴族《きぞく》、財《ざい》をもつ商人——は、すべてわたしの支配下《しはいか》にある。

もちろん、国王と王子はそのことを知らない。これからも知る必要はない。

わたしは、王子がイピラを取《と》り戻《もど》したとの報告《ほうこく》を受けてすぐ、王子に手紙を出した。

わたしがどれほど王子を愛し続けてきたかを、母として王子を支《ささ》えることはもちろん、エビイス国の王女としてもイピラに協力するつもりであることを、したためた。

そして、今日、イピラ王宮からの迎《むか》えがきたわけだ。

王子の時代だ。わたしが産んだ王子の。わたしは、母として、支《ささ》えよう。

——表向きには。

ふふふ。
わたしは、もちろん、王子を愛している。
それはそれとして。
イピラは、実質《じっしつ》、わたしのものだ。
手放すつもりは、ない。

# 恋《こい》する魔《ま》女《じょ》っ子《こ》

メイは十五歳《さい》。この春、中学を卒業して、超《ちょう》難《なん》関《かん》・魔《ま》女《じょ》学校に入学した。合格《ごうかく》するのはとってもとっても、と〜っても大変だったけれど、がんばったの。

魔《ま》女《じょ》学校では最初の一年が専門《せんもん》コースで、めざす魔《ま》女《じょ》の核《かく》となる部分を、しっかり学ぶ。どんなコースがあるのかというと、「恋《こい》」「呪《のろ》い」「変身」「タイムトラベル」、この四つは人気。それから、「植物語《しょくぶつご》」「動物語《どうぶつご》」「飛行&《アンド》ワープ」「占《うらな》い」、こっちのコースには、マニアックな子が多いみたい。

そして二年生になったら、一年生で選択《せんたく》した専門《せんもん》コースの魔《ま》法《ほう》をさらに磨《みが》きながら、補助《ほじょ》コースとして他の勉強も足していく。こちらは、能力《のうりょく》しだいでいくつでも選べる。

メイは入学前から専門《せんもん》は「恋《こい》」と決めていた。そのために苦しい受験も乗《の》り越《こ》えたんだ。来年は補助《ほじょ》コースとして「変身」を加えるつもり。きれいになったり、若返《わかがえ》ったり、大人《おとな》っぽくなったり、恋《こい》に役立つもん。子猫《こねこ》に化けて相手の優《やさ》しさをためすことだってできちゃう。「変身」は、すごく難《むずか》しくて宿題もたくさん出て大変、って噂《うわさ》だけれど、恋《こい》のためならやれる。

なんて、来年の心配をしている余裕《よゆう》はないんだった。専門《せんもん》の「恋《こい》」もなかなか大変なのだ。一学期の課題は「恋《こい》のおまじない」。

言葉をとなえるおまじない、文字を書くおまじない。月や石や草花のパワーを借りる方法もある。他にもたくさんある。恋《こい》を叶《かな》えるだけじゃなく、恋《こい》を破《やぶ》るためのおまじないもある。世界中の数えきれないおまじないをマスターしたうえで、自分のオリジナル「恋《こい》のおまじない」をつくることが、一学期の課題だ。

それをクリアしたら、二学期から実践魔法《じっせんまほう》に進める。ウインクで「恋《こい》の矢」を発射《はっしゃ》しちゃったりするんだ。きゃあ♡

入学して二か月。もうすぐ魔女《まじょ》学校の文化祭だ。

メイたち一年生は、まだたいしたことはできなくて、ミサンガを編《あ》んで売る程度《ていど》。けれど先輩《せんぱい》たちの作品はレベルが高く、地元でも大評判《だいひょうばん》で、毎年混雑《こんざつ》する。だからここ数年は、魔女《まじょ》学校生からの招待券《しょうたいけん》がないと入れない決まりだ。

メイは小・中学校の同級生、アキラに電話した。

〈魔女《まじょ》文化祭、来る？　招待券《しょうたいけん》、一枚《まい》なら、用意できる〉

〈やった！　この電話を待ってたぜ！〉

喜《よろこ》ぶことは、わかっていた。魔法《まほう》ごっこで盛《も》り上《あ》がった仲だもん。気をつけないといけないのは、仲間を連れてくること。アキラは、みんなで楽しもうぜってタイプなの。

アキラのことなら、なんでも知っている。小学校のころから、大好きだから♡

だけどアキラは鈍感《どんかん》で、メイの恋心《こいごころ》に気づかない。親友だと思っているみたい。男同《どう》士《し》の親友と同列で。

メイが必死で魔女《まじょ》学校入学をめざしたのは、この恋《こい》を叶《かな》えたいから。

待ちに待った文化祭当日。メイはうきうき、校門でアキラを出迎《でむか》えた。

「入校証《にゅうこうしょう》がわりに、ミサンガつけてあげる。文化祭が終わっても外さないでね。私《わたし》が心をこめてつくったんだから。アキラが幸せになりますようにって」

正確《せいかく》には、メイとアキラが、幸せな恋人同士《こいびとどうし》になりますように。

「サンキュー」

校内を案内しながら、上級生の出し物や作品を見てまわる。

「おっ、このステンドグラス、魔法円《まほうえん》じゃん！」

「満月の夜に月明かりを受けて、床《ゆか》に完璧《かんぺき》な魔法円《まほうえん》を映《うつ》し出《だ》すのよ」

二年生のタロット占《うらな》いで、

「彼《かれ》の秘密《ひみつ》が、彼女《かのじょ》にバレます」

と言われ、何？　なんだろ？　と、無言で、目で会話できちゃうふたりの仲を再確認《さいかくにん》。

かぼちゃを馬車にする魔法実演《まほうじつえん》の見学では、混《こ》んでいるのをいいことにぺとりと寄《よ》りそった。

「魔女《まじょ》、すっげー。灰《はい》かぶり姫《ひめ》って、あの魔女《まじょ》の名前？」

「ちがうよ、シンデレラのことだよー」なんて教えてあげるのも幸せ。

魔法円《まほうえん》や魔法《まほう》アイテムにはすごく詳《くわ》しいのに、お姫様《ひめさま》の話は、知らないのよねぇ。

楽しい時間はあっというまに過《す》ぎる。そろそろ今回のメインイベント〈白雪姫《しらゆきひめ》りんご飴《あめ》〉を買いにいかなくちゃ。

継母《まはは》が白雪姫《しらゆきひめ》に食べさせた毒《どく》りんごを、三年生が再現《さいげん》魔法《まほう》でつくり、りんご飴《あめ》にして校庭で売っているの。大人気だから、メイは事前に、予約注文しておいた。

カップルで混雑《こんざつ》しているテントで、りんご飴《あめ》を受け取る。一ペア一個《こ》の限定販売《げんていはんばい》、どのカップルもりんご飴《あめ》を持っているのは片方《かたほう》だけ。持ってる者同士《どうし》ちらりと目を見交《みか》わし、（すてきな恋《こい》を！）と声に出さず応援《おうえん》し合う。

そして、それぞれ、ひとけのない場所へと向かう。ふたりきりのところで、りんごをかじりたいから。かじって気を失って、好きな人のキッスで目覚めたいから。

待ちきれなくて、メイは人込《ひとご》みを離《はな》れるとすぐに、りんご飴《あめ》をかじった。気を失っても隣《となり》にいるアキラが抱《だ》きとめてくれるもの。

かりっ。甘《あま》ずっぱい恋《こい》の味。

「お、うまそう、おれも」

かりりっ。

え？

なんで、アキラまで、りんご飴《あめ》かじるの？　もしかして、白《しら》雪《ゆき》姫《ひめ》のお話も知らないの？

ああ、目がまわり出した。

「へへっ、ひと口、もーらい。うん、なかなか、うま……」

どさっ。

どさっ。

ふたり、もつれるように、地面にくずれた。

だれが……起こして……くれ……る……の……？

# 恋《こい》する魔《ま》女《じょ》っ子《こ》 〜other side〜

私《わたし》が病院で目を覚ました時、目の前にいたのはママだった。

「あれ？　私《わたし》……どうしたの？」

「メイ！　目を覚ましたのね」

白雪姫《しらゆきひめ》の継母《ままはは》が白雪姫《しらゆきひめ》に食べさせた毒《どく》りんごのりんご飴《あめ》を、私《わたし》とアキラが同時に食べてしまったことを思い出した。

「私《わたし》、どうして目が覚めたの？」

「ママがキスしたからよ！」

「ママが⁉」

「好きな人のキスでなければ目覚めないっていうから、飛んできたのよ。しかもチャンスは三回。三回とも好きでない人がキスしたら、そのまま一生目が覚めないんですって」

「あ、ああ、そう」

「最近すっかり反抗期《はんこうき》だったけど、まだまだママが大好きなのね」

はずかしいけど、事実だからしかたがないな。

アキラのことは大好きだけど、ママと比《くら》べたら……ママが勝っちゃう。

お医者さんが来て、ひと通り異常《いじょう》がないか見てもらったころには、私《わたし》はすっかり元気になっていた。

問題はアキラだ。

アキラも最初はアキラのママがキスしたけど起きなかったらしい。

パパも挑戦《ちょうせん》したけどダメだった。

アキラのママは泣いている。

チャンスはあと一回、みんな真剣《しんけん》な表情《ひょうじょう》で考《かんが》え込《こ》んでいる。

待て待て、なんでだれも「メイちゃんどうぞ」と言わないの？

今日はふたりでデートしてたんだぞ。

どう見てもカップルじゃない！　なのにどうして？

まさか自分から「じゃあ私《わたし》がやってみますね」とは言えない。

いやいや、アキラの一大事だ、はずかしがっている場合じゃない。

言ってみようか。でももし私《わたし》がアキラの好きな人じゃなかったら、アキラは一生目を覚まさない。

その時、サクラがやってきた。

サクラは私《わたし》たちの幼《おさな》なじみで、小さいころから私《わたし》の恋《こい》のライバルだ。

「アキラが好きなのは、私《わたし》よ。来週、遊ぶ約束したし。だから私《わたし》がキスするわ」

私《わたし》はサクラの前に立ちはだかった。

「ちょっと待って。今日、アキラは私《わたし》と過《す》ごしてたんだけど?」

「はぁ?　あんたのことなんてアキラはなんとも思ってないから」

「そっちこそ」

ふたりでもみ合いになる。

「ふたりとも、やめて!」

アキラのママが言った。

私《わたし》とサクラは棒立《ぼうだ》ちになる。

（もしかしてアキラのママは、アキラがどちらのことを好きか、知っているのかも）

私《わたし》は、アキラのママにいいところを見せようと、余裕《よゆう》のあるふりをした。

「ふたりで言い合ってもしかたない。ここはやっぱり、アキラのことをいちばんよくわかっているアキラのママに決めてもらおう」

アキラのママは、神妙《しんみょう》に口を開いた。

「ありがとうメイちゃん、そう言ってもらって自信を取《と》り戻《もど》せたわ。ここはやはり母親の勘《かん》を信じることにします」

さあ、私《わたし》を選んでちょうだい、私《わたし》の未来のお義母《かあ》さん！

アキラのママは、持っていた紙袋《かみぶくろ》から、何かを取り出し、アキラの顔に押《お》しつけた。

茶色いふわふわの、毛のかたまり？

「うわっ、フランソワーズ！」

アキラが飛び起きた。

「アキラッ」

私《わたし》とサクラは相手を押《お》しのけ合《あ》って、アキラの枕元《まくらもと》に飛びついた。

アキラのママが手にしているものを見る。

「なにそれ?」

猫《ねこ》のぬいぐるみだ。

アキラのママが猫《ねこ》のぬいぐるみをアキラに押《お》しつけている。サクラも首をかしげている。

「それ? フ、フランソワーズ?」

アキラはキョトンとした表情《ひょうじょう》だ。

「あれ? どうしたのみんな?」

私《わたし》は、おそるおそる尋《たず》ねた。

「アキラ、この世でいちばん好きな人って、そのフランソワーズ? 人ってか、ぬいぐるみだけど」

「えっ、何言ってんだよ。オレがぬいぐるみなんて好きなわけねえだろ」

アキラのママがアキラの肩《かた》に手を置いた。

「いいのよアキラ、命にはかえられないわ」

その後、事情《じじょう》を聞いたアキラの絶叫《ぜっきょう》が病院中に響《ひび》いた。

「うぉぉぉっぉぉ――はずかしぃぃぃぃぃぃぃ――」

# さぷり売り

時は江戸《えど》時代末ごろ。

江戸《えど》の繊維問屋《せんいどんや》の大店《おおだな》「梅戸屋《うめどや》」の長男、清太郎《せいたろう》は、両親の体調が優《すぐ》れないのを気にしていた。

父も母も体がだるく、足がむくむという。

同じような症状《しょうじょう》を訴《うった》える人は、田舎《いなか》より江戸《えど》に多く、この病《やまい》は「江戸《えど》わずらい」と呼《よ》ばれていた。

といっても、江戸《えど》に住んでいればだれでもかかる、というわけでもなくて、どちらかというと裕福《ゆうふく》な、大店《おおだな》の主人一家がかかることが多かった。

清太郎《せいたろう》は、あちこちの寺にお参りをして写経《しゃきょう》を奉納《ほうのう》し、御朱印《ごしゅいん》をもらってくるが、両親の体のだるさはなかなか改善《かいぜん》しない。

この日も、清太郎《せいたろう》は遠出をして病《やまい》の回復《かいふく》にご利益《りやく》のある寺にお参りにでかけた。帰りはだいぶ暗くなってきて、提灯《ちょうちん》の明かりだけが頼《たよ》りである。

「おや？　あの光はなんだ？」

雑木林《ぞうきばやし》の中に、ホタルにしては明るすぎる光を見つけた。近づいていくと光はどんどん大きく、まばゆくなり、やがて大きな丸い岩のようなものが光っているのを見つけた。

「大きな岩が、う、浮《う》いている！」

清太郎《せいたろう》は腰《こし》を抜《ぬ》かして、尻《しり》もちをついてしまった。

フュィーン。

不思議《ふしぎ》な音がして、岩の一部が扉《とびら》のように開き、中から奇妙《きみょう》な格好《かっこう》をした人間が降《お》りてきた。

「あの、すみません。タイムマシンが故障《こしょう》して、食料も底をついてしまって。飲み物をください」

相手の言葉は半分くらいしか聞き取れないが、どうやら身振《みぶ》りで、水を飲みたそうだ、ということがわかったので、清太郎《せいたろう》は川の水を汲《く》んできてやった。

その人間は、水を受け取ると、手に持っていた丸薬《がんやく》と一緒《いっしょ》に飲んだ。

めずらしい色と形なので、清太郎《せいたろう》は思わず見入ってしまった。

「それは薬か？　見たことがない。どこの薬だ」

「薬ではありません。サプリメント、栄養補助食品《えいようほじょしょくひん》、食べ物ですね」

「は？」

その後、ふたりは一生懸命《いっしょうけんめい》会話を続けた。翌日《よくじつ》の明け方まで話をして、清太郎《せいたろう》はなんとか相手のことを理解《りかい》できるようになった。

その人間は未来からやってきた、丸薬《がんやく》のような食べ物を売る商人らしい。

「薬ではないが、体の具合がよくなるといいなあ、と思いながら飲むと、それなりに効《こう》果《か》があるようなないような……というものです」

「どっちなんだ⁉」

「この時代には薬事法《やくじほう》はないから、断言《だんげん》しても逮捕《たいほ》されないかな？　うん、体調がよくなることもある。サプリメントは食べ物です。そして私《わたし》はサプリ売り、とでも申しましょうか」

「体調がよくなる？　詳《くわ》しく聞かせてくれ。実は私《わたし》の両親はずっと体調が優《すぐ》れず、いい薬を探《さが》しているのだ」

清太郎《せいたろう》は両親の症状《しょうじょう》を説明した。

さぷり売りはすぐに合点がいった顔をした。

「それは『脚気《かっけ》』ですね。ビタミンB1《ビーワン》が不足すると、そのような症状《しょうじょう》が出ます。ご両親は白米が大好きでしょう？」

「ああ、白米が大好きだ」

「本当は、五分づき米、胚芽米《はいがまい》、麦を入れた麦飯、玄米《げんまい》などを食べるとよいのですが……」

「そんな。白米をどれだけ食べられるかが、裕福《ゆうふく》な家の証《あかし》なのだぞ。両親は白い米以外は食べようとしない」

「それなら野菜を食べなければいけませんよ。ひとまず、これを飲んで様子を見てください」

さぷり売りは、きれいな白い丸薬《がんやく》をくれた。

清太郎《せいたろう》は家に帰って、それを両親に渡《わた》した。いきなりさぷり売りの話をしても信じてもらえないだろうから、「お参りしたお寺の住職《じゅうしょく》にもらった薬」だということにした。

清太郎《せいたろう》も半信半疑《はんしんはんぎ》だったので、数日後、両親が「体が軽くなってきた」と言った時にはおどろいた。

さっそく清太郎《せいたろう》は、さぷり売りのところへ行った。

「効果《こうか》がありました。これはお礼の江戸前寿司《えどまえずし》です。もっとさぷりめんとをください」

「おお、これが本場の江戸前寿司《えどまえずし》！　ありがとうございます。サプリメントは差し上げますが、タイムマシンも直ったし、私《わたし》はそろそろ元の時代へ戻《もど》ります」

「そんなっ、困《こま》ります！」

「ありったけの在庫《ざいこ》をここに残していきますから」

「ありがとうございます。このご恩《おん》は忘《わす》れません」

「それ、できれば子々孫々《ししそんそん》に伝えてくださいね。未来でお得意様《とくいさま》になってください」

以降《いこう》、梅戸屋《うめどや》は江戸《えど》わずらいにかかることなく、繁盛《はんじょう》した。

晩年《ばんねん》、清太郎《せいたろう》は、子孫のためにこのできごとを書き記し、家宝《かほう》の巻物《まきもの》として大事に残すことにした。中には、さぷり売りがくれた「名刺《めいし》」とやらも挟《はさ》んでおく。

「もっと先の時代になれば、この名刺《めいし》とやらにある『四角い升《ます》のような囲《かこ》いの中に小さな四角がたくさん描《えが》かれている絵』に写真機をあてれば、さぷりめんとを注文できるようになるらしい。子孫よ、その時まで、この巻物《まきもの》を大切に代々《だいだい》受《う》け継《つ》いでいくように」

清太郎《せいたろう》は、色や形がさまざまなサプリメントが選び放題な未来を想像《そうぞう》して、目を細めた。

# さぷり売り　～other side～

ぼくのママは、サプリが大好きだ。

サプリっていうのは、錠剤型《じょうざいがた》だったりカプセル型《がた》だったり、薬に似《に》ているけれど、薬じゃない。「栄養補助食品《えいようほじょしょくひん》」なんだ。

うちのキッチンの引き出しには、強い骨《ほね》をつくるサプリ、筋肉《きんにく》をしっかりつけるためのサプリ、いい血をつくるサプリ、目の疲《つか》れを取るためのサプリ、頭がよくなるためのサプリ、お肌《はだ》すべすべサプリに、若返《わかがえ》りサプリ。まだまだある。なんでもある。

子ども用サプリもたくさんある。ぼくは小学校六年生。お昼は学校で給食を食べるけれど、朝食と夕食は、栄養ゼリーとサプリだ。

「だって、このほうが、体によさそうじゃない？　料理をしなくていいから台所も汚《よご》れずに済《す》むし、お買い物に出なくても済《す》むし」って、ママ。

サプリは、ネットで注文して、家まで配達してもらう。

パパは、ママほどサプリが好きじゃないらしく、

「たまには、ママの手料理が食べたいな」

なんて、言う。ママはにっこり、却下《きゃっか》する。

「たまの料理なんてね、材料を使いきれず、残りを腐《くさ》らせたりするの。もったいないわ。それより、おいしい店を見つけたの。食べにいきましょう」

「なるほど、それもそうだな。よし、今夜は外食だ」

ぼくも、外食のほうがいい。ママは料理をすると不機嫌《ふきげん》になる。しかも、まずい。

「ママの笑顔が、いちばんのごちそうだもんね」

ぼくが言ったら、

「そうだな、その通りだ」

パパがうなずく。ママは、またにっこり。

「優《やさ》しいだんな様と息子に恵《めぐ》まれて、幸せだわ」

それも、サプリのおかげだ。ママが、毎朝忘《わす》れずに、ぼくとパパに出してくれる。

ぼくには〈理想の息子サプリ〉。パパには〈理想の夫サプリ〉。

ある日、ママ愛用のサプリ会社が倒産《とうさん》した。ちょうど、〈理想の息子サプリ〉と、〈理想の夫サプリ〉が、なくなったところだった。ママが他のメーカーで類似品《るいじひん》を探《さが》すけれど、見つからない。

「いいよ。飲まなければ体調を崩《くず》す、ってわけでもないだろうし。なくても困《こま》らないさ」

パパはそう言ったし、ぼくも全然平気。

でも、〈理想の夫サプリ〉を飲まなくなったパパは、ママに文句《もんく》を言うようになった。

「おまえ、主婦《しゅふ》だろ、料理ぐらい、ちゃんとしろよ」

「ママのまずい料理より、デリバリーがいい」

〈理想の息子サプリ〉を飲まなくなったぼくも、思ったままを言うようになった。

二週間、サプリを飲まないでいたら、これが本当の自分なんだと思うようになった。

以前はママの笑顔がいちばん大切だと思って、いろいろ我慢《がまん》していたみたい。

その一週間後。ママが飲んでいたサプリもなくなったらしい。ママがパソコンで、他のメーカーのサプリを注文している。パパが、その画面をのぞき込《こ》んで、大声を出した。

「おい、こんなに高価《こうか》なものを、バンバン買うなよ」

「いいものは高いの」

「今までも、こんなに高いのを買ってたのか」

「結婚前《けっこんまえ》に、『私《わたし》の家の守り神は、さぷり様なの』って話したわよね。あなた、私《わたし》に好きなだけサプリを買わせてあげたいってプロポーズしたのよ」

守り神の話もプロポーズの話も、初めて聞いた。詳《くわ》しく聞きたいけれど、そういう雰《ふん》囲気《いき》じゃない。

「どぶに金を捨《す》てるって、こういうことだな」

「あなた、私《わたし》をバカにしてるの？　それともさぷり様を侮辱《ぶじょく》する気？」

「両方だ！」

「許《ゆる》さない！」

最近、ケンカばかりだ。うんざりしていたぼくの口から、ぽろりと言葉がこぼれた。

「離婚《りこん》すれば？」

リビングが、静まり返った。

ママがソファーの左端《ひだりはし》にしずむように座《すわ》って、顔を覆《おお》う。すすり泣きの声がもれ聞こえてきた。

「離婚《りこん》したら、私《わたし》、どうやって生活していけばいいの？　仕事も貯金《ちょきん》もないわ。生活できるだけの慰謝料《いしゃりょう》、ちょうだいね」

パパも、ソファーの右端《みぎはし》に、頭を抱《かか》えて座《すわ》り込《こ》む。

「離婚《りこん》は出世に響《ひび》く。給料も下がる。おまけに貯金《ちょきん》もないのか」

ぼくはダイニングの椅子《いす》に座《すわ》って考える。つい、離婚《りこん》すればなんて言ってしまったけれど、そうなったらぼくは、ママかパパ、どちらかを選ばなきゃいけない。

ママを選んだら、ぼくが仕事してお金をかせがなきゃいけないのかな？　それって高校や大学に行けないかもしれないってこと？　パパを選んだら、今までママがやっていた掃除や洗濯はだれがするんだろう　ぼく？　それとも新しいママができる？

いっそ、どっちも選ばないで、おじいちゃんやおばあちゃんと暮《く》らす？　おいでって言ってくれるだろうけれど、遠いから転校しなきゃいけない。友だちと離《はな》れるのは嫌《いや》だなぁ。

やっぱり離婚《りこん》はナシ。パパとママが仲直りする方法を考えよう。まずは、調査《リサーチ》だ。ぼくは、そっとその場を離《はな》れ自分の部屋に戻《もど》ると、スマートフォンで電話をかけた。

「おじいちゃん？　うん、ぼく。元気だよ」

ママとパパがケンカして離婚《りこん》するかも、ってことは言わない。おじいちゃんは、「ママとおまえは、こっちへ引《ひ》っ越《こ》せ」って、喜《よろこ》んで離婚《りこん》のあと押《お》しをしそうだから。

「ぼく、今、学校の自由研究で守り神について調べているの。ママが、『うちの守り神はさぷり様』って言うんだけど、そうなの？」

「おお、『さぷり様』の名前を久《ひさ》しぶりに聞いたな。わしの父親が、つまりおまえのひいじいちゃんがよく話してたなぁ。ご先祖《せんぞ》の命の恩人《おんじん》だとか。わしはいい加減《かげん》に聞き流しておったが、おまえのママはじいちゃんっ子だったから信じてたな」

「さぷり様って、どんな神様なの？」

「さあなぁ。そういえば、ご先祖《せんぞ》が残した巻物《まきもの》があったはずだ」

「巻物《まきもの》！　すごいじゃん。どんなの？」

「わしも子どものころに一度、見たきりだが、昔の字だからさっぱり読めんかった。お札《ふだ》みたいなものも入っていたが、ご先祖《せんぞ》たちがお札《ふだ》の文字をこすって病快復《やまいかいふく》を祈《いの》ったらしくて、肝心《かんじん》の神さんの名前がこすれて消えてたな。印は残っていたような気もする。たぶん納戸《なんど》にしまってあるから、見たいなら、送ってやるぞ」

「見たい！　送って」

昔の巻物《まきもの》まであるなら、本当に守り神様かも。だったら、何かいい方法を授《さず》けてくれるんじゃないかって、思ったんだ。

二日後、学校から帰ると、おじいちゃんからぼく宛《あ》てに荷物が届《とど》いていた。すぐに自分の部屋に持《も》ち込《こ》んで開ける。

古びた木の箱に巻物《まきもの》が入っていた。取り出し、広げる。一字も読めない。本当に日本語？　巻物《まきもの》の下にお札《ふだ》が一枚《まい》……お札《ふだ》？　職業《しょくぎょう》体験の授業《じゅぎょう》で見た名刺《めいし》ってやつに、大きさも形もそっくりだ。文字は、ほとんど消えている。でも端《はし》のもようはまだ残っている。おじいちゃんは印と言っていたけれど、これって……。

その見慣《みな》れたもようにスマートフォンを向けてみた。

ピッ。読み取れた。

〈サプリ売り〉ってショップサイトが開いた。

〈いつでも、どこでも、あなたに必要なサプリをお届《とど》けします！〉って書いてある。それから〈美容《びよう》サプリ〉〈健康サプリ〉……いろんな項目《こうもく》の中に〈あなたに必要なサプリを探《さが》します〉というのがあったから、タップする。いくつかの質問《しつもん》に、イエス、ノーを選んで送信したら、

〈あなたに必要なのは『幸せ家族サプリ』です〉

と、その商品ページが開いた。

けっこう高い値段《ねだん》だけれど、初回限定《しょかいげんてい》・サンプル一週間分無料、しかも翌日《よくじつ》配達だ。

「神様の言う通り」

と、つぶやきながら、ぼくはサンプルを注文した。

翌日《よくじつ》。ポストに届《とど》いたサンプルを確認《かくにん》してから、パパにメールした。

〈パパ、お願い、今夜は早く帰ってきて、ぼくの話を聞いて〉

ぼくとママの夕食は六時半。パパはまだ帰ってこない。テーブルには、栄養バランスゼリーと育《そだ》ち盛《ざか》りサプリとペットボトルのミネラル水。五分で食べ終わった。ママも食べ終わって、テーブルでノートパソコンを開く。

ぼくはソファーへ移動《いどう》し、何度もあくびをして、目をうるませた。悲しいお話を頭の中でいくつもなぞって、涙《なみだ》が乾《かわ》かないようにする。鼻をスンと鳴らした。ティッシュで目を押《お》さえるふりをする。

ママがやっと気づいて、心配そうにソファーへやってきた。ぼくの右隣《みぎどなり》に座《すわ》る。ナイスタイミングで、パパも帰ってきた。部屋の入口でおどろいたように足を止め、それから、ぼくの左隣《ひだりどなり》に座《すわ》った。

ぼくはできるだけ、かよわく、ささやいた。

「ママ、パパ、離婚《りこん》しないで。ぼく、やっぱり、三人一緒《いっしょ》がいい」

ママが鼻をすすりながら、ぼくに身を寄《よ》せてきた。

パパは何も言わず、手をぼくの頭に置く。

「あのね、ぼくに、さぷり様のお告《つ》げがあったの。お願い、何も聞かず、このサプリを飲んで。きっとうまくいくよ」


朝食は、野菜スープにトースト、ハムエッグ。

「朝からママの手料理が食べられるなんて、幸せだ」と、パパ。

「ママ、ありがとう」と、ぼく。

「夕食は、カレーをつくるわね」

「わーい」

「やったな」

ニコニコと朝食を済《す》ませ、お皿の隅《すみ》に置いてある「幸せ家族サプリ」を飲む。

「ママ、飲んだ？」

「ええ、もちろん」

「パパも、飲んだ？」

「もちろんだ」

パパが元気に出かける。

「行ってきます」

ママは笑顔で見送る。

「行ってらっしゃい」

わが家は幸せ。さぷり様のおかげだ。サンプル一週間分は明日で終わるけれど、新たに注文した三か月分がもう届《とど》いたから安心だ。値段《ねだん》はとっても高いけれど、家族三人で力を合わせてがんばる。これからもずっと、「幸せ家族サプリ」を飲み続けるために。

## バラの花言葉は「愛」

バラ園の中で、いちばん美しいつぼみを選んだ。
この一輪を、特別な女性《じょせい》に贈《おく》ろう。
バラよ、ぼくの愛を彼女《かのじょ》に伝えておくれ。

——恋《こい》する男

# バラの花言葉は「愛」 〜other side〜

いいえ、愛はあなた自身の言葉で伝えてほしい。
さあ、勇気を出して。バラに頼《たよ》らないで。
お願い、やめて、切らないで、痛《いた》いっ。

——バラ

# ひとつのミカンも腐《くさ》らせぬ

キトルスの仕事は、年齢《ねんれい》に逆《さか》らって若々《わかわか》しくいるための方法を調べること。つまり老《ろう》化防止《かぼうし》、アンチエイジングの研究者だ。

「ある国には病気がなく人々《ひとびと》はいつまでも若々《わかわか》しい」という噂《うわさ》を聞いたのは、五年以上前。それがW国だと特定するのに数年かかった。入国するには申請《しんせい》が必要で、すぐに手続きをしたが、なかなか、許可《きょか》が下りなかった。

その間にW国のことをいろいろ調べた。W国は自然信仰《しぜんしんこう》が厚《あつ》い。そのため開発はほとんどされず、美しい山や川に囲《かこ》まれている。工場もビルも商店街もないから、生活用品の多く――たとえば金属製《きんぞくせい》の農具・刃物《はもの》・ファスナーなど――を輸入《ゆにゅう》に頼《たよ》っている。

輸入《ゆにゅう》するにはお金が必要だ。特産物を輸出《ゆしゅつ》しているわけでもないW国がどうやってそのお金を工面しているのかも調べた。年に数人訪《おとず》れる外国の客人たちからの出資《しゅっし》らしい。

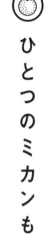

キトルスは入国を条件《じょうけん》に金の寄付《きふ》を申し出た。それでやっと、入国許可《きょか》が出た。寄付《きふ》金《きん》の半分を前払《まえばら》い、残りは入国後に払《はら》う約束だ。その金は、キトルスのスポンサーでもあるアンチエイジング会社から出る。入国したらW国のしきたりに従《したが》うことも誓《ちか》った。

険《けわ》しい山脈《さんみゃく》を越《こ》え、キトルスはその国の入口に着いた。入口といっても、大岩が重なり自然にできたトンネルの前に、門番がいるだけだ。岩の横には滝《たき》が流れ落ちている。トンネルの向こうには来客用であろう館が見える。門番に自分の名前を告《つ》げると、滝《たき》で体を洗《あら》って身を清めるよう言われた。

もちろん従《したが》う。澄《す》んだ水だ。口に含《ふく》んでみる。研究者の勘《かん》が、この水にヒントがある、とささやく。髪《かみ》と体を洗《あら》い、口や鼻や目もすすぎ、トンネルを通ることを許《ゆる》された。

「ようこそ」

館で大臣に迎《むか》えられ、食事をともにする。出された食事は、焼いた肉と生野菜に、岩塩を振《ふ》りかけただけのもの。だが、すばらしく、うまい。

「こんなうまい食事は初めてです。野菜も肉もみずみずしく、うまみがある」

「食材も、神の水にひたしますからな」

大臣が得意《とくい》げにうなずく。やはり、水か。

「この国では、すべての水を、山の湧《わ》き水《みず》に頼《たよ》っているのですね？」

「神の水だ。それこそが、われらが守るべきもの」

大臣は、この国が開発を拒否《きょひ》していることを力説し、

「たったひとつの腐《くさ》ったミカンがすべてを腐《くさ》らせる、というたとえ話をご存《ぞん》じか。腐《くさ》ってから排除《はいじょ》するのでは遅《おそ》いのだ。この国では、はじめから、ひとつのミカンも腐《くさ》らせぬ」

と、話を結び、食事を終えた。

「わが国の食事を召《め》し上《あ》がっていただき、信念もお話しした。これでよろしいですな」

「民《たみ》と同じ生活を体験させてもらう約束です。でなければ、残りのお金は払《はら》えません」

大臣はしぶしぶ、うなずいた。それから窓《まど》を開け、双眼鏡《そうがんきょう》をキトルスに渡《わた》した。

「ではまず、見ていただこう。この国は、あちらこちらに神の泉《いずみ》が湧《わ》く。日に一度、そこで身を清めるのが民《たみ》のつとめ。ちょうど清めのはじまる時間だ」

キトルスは窓《まど》から身を乗り出し、双眼鏡《そうがんきょう》をのぞいた。たしかにあちらこちらに泉《いずみ》があり、人々《ひとびと》が集まっている。服を脱《ぬ》ぎ裸《はだか》になってから、みんな同じような動きをしている。背中《せなか》に手をまわし、まるでファスナーを下ろすような動作……な、なんと、本当にファスナーを下ろしている！　皮膚《ひふ》を脱《ぬ》いでいる！

目にしていることが信じられないが、人々《ひとびと》は着ぐるみを脱《ぬ》ぐかのように、自分の皮を脱《ぬ》ぎ、脱《ぬ》いだ皮を泉《いずみ》にひたしている！

そういえば……この国のことを調べた際《さい》に、ファスナーの輸入数《ゆにゅうすう》が突出《とっしゅつ》して多いことが不思議《ふしぎ》だった。まさか、こういうことだったとは。

「皮を脱《ぬ》ぎ泉《いずみ》にひたすことで、皮膚《ひふ》は内側からも満たされる。肌《はだ》の外からぴちゃぴちゃ濡《ぬ》らすのとはわけがちがう」と、大臣の声が聞こえる。

キトルスは双眼鏡《そうがんきょう》を目から離《はな》すことができない。

皮を脱《ぬ》いだ人々《ひとびと》が、人体模型《じんたいもけい》のような姿《すがた》で筋肉《きんにく》や内臓《ないぞう》をさらし、泉《いずみ》に入っていく。

「内臓《ないぞう》や筋肉《きんにく》をじかに泉《いずみ》の水にゆだねることで、神の祝福を得《え》るのだ」

自然をあがめるあまり、人間本来の姿《すがた》を変えてしまうとは。この国はアンチエイジング最先端国《さいせんたんこく》だ。あの水にどんな力があるのだろう。微生物《びせいぶつ》の働きかもしれない。

「しかしながら、最近、神の水が減《へ》ってきている。次の寄付金《きふきん》で、さらに地下深く掘《ほ》って、神の水脈《すいみゃく》を目覚めさせる予定だ」

なぜか、キトルスの手から力が抜《ぬ》けていく。落としそうになった双眼鏡《そうがんきょう》を大臣が取った。足からも力が抜《ぬ》ける。崩《くず》れ落《お》ちる寸前《すんぜん》、両側から支《ささ》えられた。いつのまにか、部屋に人が増《ふ》えている。ああ、まぶたが閉《と》じていく。さては食事に薬が……。

「この国ではひとつのミカンも腐《くさ》らせぬ。あなたもすべてを脱《ぬ》ぎ、神の水の祝福を」

……服を脱《ぬ》がされ、うつぶせで寝《ね》かされているようだ。体が動かない。まぶたも開かない。感覚もない。背中《せなか》から、声だけが聞こえる。

「さて、ファスナーの滑《すべ》りはどうかな」

## ひとつのミカンも腐《くさ》らせぬ　〜other side〜

ジ――ッ。ジッ。ツ――。

「大臣、キトルスが持っていた小型《こがた》カメラとマイクを壊《こわ》しました」

家来は大臣に壊《こわ》れた機械を見せ、大臣はほくそ笑んだ。

「危《あぶ》ない危《あぶ》ない。わが国の秘密《ひみつ》が暴《あば》かれるところだった」

さらに大臣と家来は、キトルスの荷物を開け、数枚《すうまい》の写真を見つけた。

「大臣、この写真にキトルスと子どもと、シワだらけのみにくい人間が写っています」

「嫌《いや》だ嫌《いや》だ。それは老人ではないか。さっさと処分《しょぶん》しろ」

家来は写真を持って部屋を出ていった。

大臣はすべてを忘《わす》れたキトルスとお茶を飲んだ。

「腐《くさ》ったミカンがひとつあると、どんどんまわりが腐《くさ》りはじめてしまいますからな。最初のひとつが肝心《かんじん》だ。あなたもきれいになってよかった」

「まったくです。私《わたし》はきれい、ピカピカです。いいファスナーもつけてもらったし」

キトルスは何も考えていない様子であいまいな笑顔を浮《う》かべる。

大臣はキトルスを山奥《やまおく》にある地下工場へ連れていった。

「ここが水の神様がいらっしゃる神の水の製造工場《せいぞうこうじょう》です。すごいでしょう」

「わぁー、大きいな。すごいですね」

そこでは多くの人々《ひとびと》が金や銀の桶《おけ》に水を汲《く》み、あちこちへ運んでいた。

「この山の鉱物《こうぶつ》でできたかめで湧《わ》き水《みず》を寝《ね》かせたり、ろ過《か》したり、幾多《いくた》の工程《こうてい》をへて『老いない水』が完成する。それを国中へ行《い》き渡《わた》らせると、不老の国のできあがり、というわけだ」

工場の人たちは重い水を休む間もなく運び、疲《つか》れ果《は》てているようだ。

その様子を見てキトルスの顔がくもる。すかさず大臣は言った。

「あの者たちは疲《つか》れているが、老いるよりはマシだ。みんな老いることに比《くら》べたら重労働も平気なのだよ」

キトルスは、その光景を見ながら言った。

「私《わたし》はこの景色を探《さが》していたような気がします。でもどうしてだか思い出せない」

「それでいいのです、あなたは生まれ変わったのだから」


大臣の家来はキトルスの写真を捨《す》てなかった。

老人の姿《すがた》をみにくいと思いつつ、でもどうしても目をそらせなかった。

なぜならその老人は、とても幸せそうな表情《ひょうじょう》をしていたからだ。しわくちゃでヨボヨボなのに、とても満足そうな顔をしている。

こんなにヨボヨボなのに悲しくないのだろうか？

その長い人生、歴史《れきし》が刻《きざ》まれた顔から、何かを学べる気がした。

家来はその写真をこっそり家に持って帰って家族に見せた。

「この写真を見ているとね、自然に任《まか》せて老いることは悪いことではないような気がしてくるんだ」

「本当。こんなに幸せそうでいられるのなら、老いを受け入れるのも悪くないかも」

キトルスの写真は複製《ふくせい》され、家来の親戚《しんせき》、親戚《しんせき》の友人たち、多くの人に配られた。

やがてその写真は工場で働く人たちの間にも、またたくまに広がっていった。

「水が減《へ》ったせいで最近工場の労働はますますひどくなっている。そこまでして若《わか》さに執着《しゅうちゃく》する必要があるのだろうか？」

「若《わか》くても工場で働かされ続けるなら、老いるほうがマシだ」

「自然な時の流れに逆《さか》らわず老人になるほうが、自然の神も喜《よろこ》ぶんじゃないか⁉」

とうとう城《しろ》に住むキトルスと大臣のところまで、例の写真の噂《うわさ》が伝わった。

大臣はうろたえた。

「老人だ！　老人の写真だ。なんということだ、こんなものが国中に広まってしまうなんて。しかもこの写真はキトルスが持《も》ち込《こ》んだものではないか！　処分《しょぶん》したはずなのに」

キトルスは、その写真を見ても何も思い出せないのに、なぜか涙《なみだ》を流した。

「なぜでしょう、この写真を見るとものすごくなつかしい気がします」

「こんなものがなつかしいなんて、洗《あら》い足《た》りなかったようだ。ああキトルス、おまえはやはり『腐《くさ》ったミカン』なのだ。おまえのせいでっ」

キトルスは頭を抱《かか》えた。

「私《わたし》は腐《くさ》ったミカン？　私《わたし》は腐《くさ》ったミカン……」

そこへ例の家来がやってきてキトルスに言った。

「あなたは『腐《くさ》ったミカン』だったかもしれない。でもわれわれはもっともっと腐《くさ》っていたのです。わが国は、あなたのおかげでまちがいに気づくことができました。あなたはわれわれを助けるために、この国に来てくれたようなものだ。さあ、一緒《いっしょ》に自然な姿《すがた》で老いていきましょう」

「そうか、私《わたし》は老いを受け入れるためにここにきた……。老いは美しい……」

W国は少しずつ、しかし確実《かくじつ》に「老い」を受け入れる国に変わりはじめた。

そしてキトルスはW国で、老人の姿《すがた》を愛し、幸せに暮《く》らした。

# 異《い》世《せ》界《かい》への扉《とびら》

ぼくたちはコンビニに入ろうとしたところで、突然《とつぜん》、異世界《いせかい》に飛ばされた。

ぼく浩一郎《こういちろう》と、友だちの太一《たいち》と理央《りお》は、中学校三年生で同じ塾《じゅく》に通っている。

いつもの通り、塾《じゅく》の帰りにからあげを買おうと、神社の横にあるコンビニに向かった。

コンビニ正面には車が止まっていたので、神社の参道脇《わき》に自転車を止めた。

ガラス越《ご》しに店長のおじいさんが見える。

ここのコンビニは紫《むらさき》がメインカラーだ。白髪《はくはつ》のおじいさんが紫《むらさき》のジャンパーを着ている姿《すがた》は、なかなか粋《いき》でカッコイイ。

ぼくが先頭になって、紫《むらさき》のラインが入った自動ドアを開けた。

しかし一歩踏《ふ》み出《だ》した時、そこはコンビニではなく、荘厳《そうごん》な建物になっていた。

「なんだ!?」

「ここどこ？　コンビニじゃない！」

太一《たいち》と理央《りお》がうろたえる。ぼくは冷静にあたりを観察した。

「石が積んである。古代ギリシャの神殿《しんでん》みたいだ。あっ！　扉《とびら》が」

ぼくたちが入ってきた扉《とびら》が閉《し》まった。

コンビニのガラス戸だったはずが、いつのまにか石の扉《とびら》になっていて、開けようとしても、重くてびくともしない。途方《とほう》に暮《く》れていると、遠くのほうから、数人の人がやってきた。

「浩一郎《こういちろう》、あの人たち、なんだか小さくない？」

太一《たいち》がぼくに耳打ちする。たしかに近づいてくる人たちは、見た目はぼくたちと同じだが、みんな背《せ》が低くて、いちばん高い人でもぼくの肩《かた》くらいだ。

「神様方、ようこそお越《こ》しくださいました」

近づいてきた人たちは、ひざまずいた。

「へ？　神様？」

ぼくが聞き返す。いちばん前にいる、長老と名乗る人が教えてくれた。

「この扉《とびら》は、神様の国と通じています。ですからこの扉《とびら》を通ってきた方は、皆《みな》神様なのです。ここは、神様が統《す》べる世界。どうぞご自由にお過《す》ごしください」

太一《たいち》と理央《りお》は表情《ひょうじょう》が固《かた》まってしまって、ひとことも発せない。

「そうなんですか？　でもいきなり神様と言われても……ぼくたちが神様？」

ぼくは神殿《しんでん》の高い天井《てんじょう》を見上げ、その拍子《ひょうし》にふらついてしまった。

思わず、近くにいた女の子にとん、とぶつかる。

すると、その女の子は、体ごと吹《ふ》っ飛《と》んでしまった。

「きゃぁぁぁ——」

「わー、びっくりした。体が軽いんだね。このくらいで吹《ふ》っ飛《と》ぶなんて」

女の子は担架《たんか》で運ばれていく。太一《たいち》と理央《りお》が目を見開いてぼくを見る。

「浩一郎《こういちろう》、初対面でいきなり暴力《ぼうりょく》かよ……」

でも長老は、笑って言った。

「あなたは神様なのですから、お気になさらず。われわれの体は、綿《わた》のようなものでできています。軽くてぶつかってもあまり痛《いた》くありません。とはいえケガはしますし、まったく平気というわけでもないので、以後お気をつけいただくと、ありがたく存《ぞん》じます」

その日から、異世界《いせかい》での生活が始まった。ぼくたちは強大な力をもつ神としてあがめられた。

はじめのうちは元の世界に帰ろうと扉《とびら》の前であれこれためしてみたが、何をやってもうまくいかず、そうこうするうち、こちらの生活にも慣《な》れてきた。

この世界の人々《ひとびと》は体が軽いうえにやわらかく、力はほとんどない。知能《ちのう》もあまり高くなく、数字は三までしか数えられない。

特に、相撲《すもう》を取るのがおもしろかった。巨大《きょだい》な力士《りきし》に幼稚園児《ようちえんじ》が群《むら》がるような感じだ。

ぼくは、ぶんぶん彼《かれ》らを投げ飛ばした。

「ぼくは強い！　神であり、勇者である！」

ぼくたちは何をしてもたたえられ、恐《おそ》れられ、慕《した》われた。

時々《ときどき》、動画サイトを見たくなったり、家族や友だちに会いたくなったり、元の世界が恋《こい》しくなることもあるけれど、ぼくはこの世界でやりたい放題の生活を楽しんだ。

たまに太一《たいち》と理央《りお》が「やりすぎじゃない？」と、苦言を呈《てい》してくるのを除《のぞ》けば楽園だ。

「ずっとこちらの世界にいてください」

この世界の人々《ひとびと》はみんなそう言ってもてなしてくれる。

ある日、長老が、紫《むらさき》のつぼみをつけた花を指さして言った。

「われわれはあなたたちにずっとこちらにいてもらいたいが、あなたたちはどうですか？　来週、この『神の花』が咲《さ》く時、神殿《しんでん》の扉《とびら》が開きます。元の世界に帰るならその時しかありません。よく考えて決めてください」

三人で話し合うことにした。ぼくはこの世界に残りたくて、ふたりを説得《せっとく》した。

「元の世界に戻《もど》っても苦しい受験勉強の毎日だ。ここならずっと神様扱《あつか》いしてもらえる。ここで暮《く》らすほうがぜったい得《とく》だよ。のんびり楽しい神様ライフを満喫《まんきつ》しようよ」

「でも私《わたし》は帰りたい。神様扱《あつか》いされても自慢《じまん》する友だちもいないし、SNS《エスエヌエス》もないもの」

「オレも帰りたい。そろそろ新しいオンライン対戦型《たいせんがた》ゲームが発売されるころなんだ」

「それなら、ぼくひとりで残ろうかな。もう義務《ぎむ》に追われる毎日は嫌《いや》なんだ」

「ダメだ。帰る時は三人一緒《いっしょ》だ。浩一郎《こういちろう》だけ置いて帰って、おまえの家族に恨《うら》まれたらたまらない」

「わかったよ……」

しかたがないから、ぼくは帰るふりをすることにした。

ふたりが帰って神がぼくひとりになれば、さらにあがめられ放題だ。

神の花が咲《さ》いた夜、神殿《しんでん》の扉《とびら》がゆっくり開いた。

こちらの世界の人々《ひとびと》は口々《くちぐち》に「帰らないで」と叫《さけ》んでいる。

ふたりをドン！　と扉《とびら》の向こう側へ押《お》し出《だ》したあと、ぼくはこちら側に残り、自分の手で扉《とびら》を閉《し》めた。そしてゆっくり振《ふ》り返《かえ》った。

「ぼくはこの世界に残ります。あなたたちを見捨《みす》てません」

今日からぼくはこの世界で唯一《ゆいいつ》の全能神《ぜんのうしん》となるのだ。

ところが、ぼくが振《ふ》り返《かえ》ったとたん、人々《ひとびと》の体がどんどん大きくなりはじめた。

「え？　あれ？　ぼくが小さくなってるの？」

あっというまに、みんな、ぼくが元いた世界の大人《おとな》たちよりひとまわりくらい大きくなった。しかも、だれもが歓声《かんせい》をあげながらうれしそうに体を動かしている。

壁《かべ》をドスドス叩《たた》いたり、おたがい体をぶつけ合ったり、力があり余《あま》っているようだ。

どこかなつかしそうで、初めて大きくなったというより、元に戻《もど》った、という感じだ。

「ど、どう見ても……ぼくは力で勝てそうにない」

ぼくよりも背《せ》が高くなった長老が近づいてきた。前より態度《たいど》も堂々《どうどう》としている。

「ありがとう。実はこの世界は、神様が不在《ふざい》で消滅《しょうめつ》しかけていたのです。前の神様は、あなたたちの世界の神様と仲良くなって、食べ物もおいしいしあちらでずっと暮《く》らしたいと言い出した。扉《とびら》付近に、白髪《はくはつ》の老人はいませんでしたか？」

コンビニの店長が白髪《はくはつ》の老人だった。あれがこちらの世界の神様だったのか。

ぼくは、神社とコンビニが並《なら》んで立っているのを思い出した。

「われわれは神様に守られて生きていました。神様がいなくなると、体はどんどん小さくなり、知能《ちのう》も低くなっていきます。次の神様が別の世界からやってきて、『自らの意思で』ここにとどまる決意をしてくれれば、元の体と知能《ちのう》を取り戻《もど》せることになっていたのです。前の神様も、せっせと扉《とびら》を開いて神様候補《こうほ》を送《おく》り込《こ》んでくれていましたが、やってきた候補者《こうほしゃ》は今までどれだけ接待《せったい》しても、みんな元の世界に帰っていった……」

ぼくは初めての神様候補《こうほ》ではなかったのだ。

これからどうなるんだろう。神様であるぼくのほうが体が小さく力も弱くなってしまった。

「あの、ぼくは？　今まで通り大切にしてくれるの？」

「もちろん。でも、今までのようなやりたい放題ではありません。それでは立派《りっぱ》な神様になれませんからね。神様の義務《ぎむ》として、神殿《しんでん》での作法や儀式《ぎしき》を覚えていただきます」

それ以来、ぼくは異世界《いせかい》で、神様修行《しゅぎょう》のために休みのない日々《ひび》を送っている。

# ❀ 異《い》世《せ》界《かい》への扉《とびら》 ～other side～

浩一郎《こういちろう》が神？　あいつはぬいぐるみのように軽くてやわらかくてかわいいあたしを、突《つ》き飛《と》ばしたのよ？　大ケガさせたのよ？　そんで、「わー、びっくりした。体が軽いんだね。このくらいで吹《ふ》っ飛《と》ぶなんて」ってこっちが悪いみたいな言い方して、謝《あやま》りもせず、助け起こしもしなかったのよ？　そんなやつが神？

元の姿《すがた》に戻《もど》れた時はうれしかったけどさ。でもあたし、前はもっとスタイルがよかった。もっと美人だった。それが微妙《びみょう》にスタイルが悪くなって、美人度も下がったのは、浩一郎《こういちろう》に大ケガさせられたからだと思う、きっとそう、ぜったいそう。

太一《たいち》か理央《りお》が残ってくれればよかったのに。

浩一郎《こういちろう》なんて、みんながちやほやするのをいいことにやりたい放題、同じ世界の太一《たいち》と理央《りお》にたしなめられてばかりいた。どうせ浩一郎《こういちろう》は、元いた世界で怒《おこ》られてばかりだから、ちやほやされるこっちに残っただけ。

この世界のみんなだって、そのことはわかっている。なのに、「私《わたし》たちで立派《りっぱ》な神に育てればいい」だとか、「神が存在《そんざい》することが大切なんだ、どんな神でもいないよりはマシ」だとかさ。

一見、前向きに聞こえるけれど、実はあきらめている。無理もないけれど。

なぜならここは、神がいることでエネルギーが生まれる世界だから。どんな神かは、関係ないの。

ああほんと、あたしたちは神運が悪い。前の神様なんか、あたしたちより〈おいしい食べ物〉を選んで、あっちの世界へ行っちゃったんだから。

でも、あきらめたら終わりだと思う。新たに、すばらしい神様が来る可能性《かのうせい》を信じて、ネバーギブアップ。

そのためにはまず、浩一郎《こういちろう》をあっちへ返品しなきゃ。「神にふさわしくありません」って住民総意《そうい》をつけて。

だからあたしは、浩一郎《こういちろう》がどんなにダメなやつか、はっきりさせることにした。ごまかしようがないくらい、はっきりすれば、みんなの目も覚めるはず。

まずは勉強のじゃまをした。ゲームやマンガを差し入れしたり、問題集の答えを写させてやったり。

「あんたは神様なんだから、勉強なんてしなくていいんじゃない？」

浩一郎《こういちろう》は、喜《よろこ》んで勉強を放り出した。ほら、やっぱり神の資質《ししつ》のかけらもない。

いろいろ真逆《まぎゃく》のことも教えてやった。

「ジョギングがだるい？　だよね、必要ないよねー、心身をきたえるなんて神様のやることじゃないって。汗臭《あせくさ》いと、もてないしね」

「この世界で女性《じょせい》にもてたいなら、『ぐふ』って笑いかけるといいよ」

浩一郎《こういちろう》は、立派《りっぱ》な神に育ててやろうと厳《きび》しくする人たちより、あたしといるほうが楽だから、あたしになついた。

なつかれたことは計算外だったけれど、まったく神にふさわしくないやつだってことは、だれの目にも明らかになった。この世界の若者《わかもの》は、アンチ浩一郎《こういちろう》になりつつある。

それでも臆病《おくびょう》な大人《おとな》たちは、まだ浩一郎《こういちろう》で間に合わせようとしている。

三年が過《す》ぎた。

まとわりつく浩一郎《こういちろう》がうっとうしくてたまらない。早くあっちの世界へ帰ってほしいのに、この三年、神殿《しんでん》の扉《とびら》の花が咲《さ》かなかったんだ。あっちにいる前神のこの世界への影響力《えいきょうりょく》が弱まっているせいだろうか。浩一郎《こういちろう》がここにとどまったことに安心して、もうバトンを渡《わた》した気になっているのなら、ヤバイ。

あたしは、アンチ浩一郎《こういちろう》の仲間とともに、前神に祈《いの》った。

(前神様、前神様、どうか扉《とびら》を開けてください。お願い、浩一郎《こういちろう》を返品させて!)

やっと、「神の花」のつぼみがついた。浩一郎《こういちろう》を帰し、新たに別の神様候補《こうほ》を迎《むか》え入《い》れるべきなんだ。そのほうがずっといい。この世界のためにも、あたしのためにも。

いつものごとくジョギングをさぼって、あたしが働くカフェでアイスクリームをなめている浩一郎《こういちろう》に、つぼみがついたことをさりげなく教えてやった。

「扉《とびら》の花が、三年ぶりに、つぼみをつけたらしいよ」

浩一郎《こういちろう》は首をかしげた。

「トビラの花？　うまい実がなるのか？」

扉《とびら》の花といえば、神殿《しんでん》の扉《とびら》に決まっているでしょ！　と、心の中で怒鳴《どな》りつけ、

「ほら、神殿《しんでん》の……うそ、思い出せないの？　三年前に開いて、太一《たいち》と理央《りお》が帰っていったあの扉《とびら》よ。あそこに紫色《むらさきいろ》のつぼみが……ふうんってそれだけ？　花が咲《さ》いたら扉《とびら》が開く。浩一郎《こういちろう》も向こうの世界へ帰れるんだよ？」

三年もこっちにいて扉《とびら》が開くと聞けば帰りたくなるでしょ。なんて、甘《あま》かった。

「へぇ……ちょっと帰ってみようかなぁ。ぼくが帰ったら困《こま》る？　ぐふ、困《こま》るでしょ」

引き止め、ちやほやしてほしいのが見え見えだ。もちろん、あたしは引き止めなかった。そしたら浩一郎《こういちろう》はあちこちで、同じことを言ってまわった。

「ちょっと帰ってみようかなぁ。ぐふ」

あわてた大人《おとな》たちは対策会議《たいさくかいぎ》を開き、花の咲《さ》く日に合わせて浩一郎《こういちろう》のために盛大《せいだい》な祭

りをして、浩一郎《こういちろう》を引き止めることにしたようだ。

ああ、大人《おとな》が、あたしたちの未来を閉《と》ざす……。


祭りの当日、長老が浩一郎《こういちろう》に話しかけているのが聞こえてきた。

「浩一郎《こういちろう》様も今年で十八歳《さい》、気になる女性《じょせい》がおりましょう。今宵《こよい》は恋《こい》を打ち明けるのにぴったりの夜。浩一郎《こういちろう》様の告白《こくはく》なら、相手はさぞかし喜《よろこ》びますぞ。まずは踊《おど》りに誘《さそ》ってみてはいかがですかな」

相手の女性《じょせい》に同情《どうじょう》するわぁ。

浩一郎《こういちろう》はうれしそうにうなずき、だれかを探《さが》すようにあちこち見渡《みわた》している。げ、目が合った。え？　なんでこっち来るのよ。来るな、来るな。来るなってば。

浩一郎《こういちろう》はあたしの前に立ち、顔をだらしなくゆるめて、笑った。

「ぐふ」

# 千人の目撃者《もくげきしゃ》

とある国のリゾート地にある高級ホテルのバー。

スマートフォンのゲームアプリなどを開発している企業《きぎょう》の社長・木村隆史《きむらたかし》は、落ち着いた店内の雰囲気《ふんいき》などおかまいなしに、パシャパシャ写真をとっている。

「#高そうな酒、#セルフィー、#明日はスカイダイビング、#生配信見てね、っと。投稿《とうこう》！」

副社長の武田新次郎《たけだしんじろう》が、鼻で笑う。

「その、文章全部にハッシュタグつけるの、もう流行《はや》ってないですよ」

「流行《はや》ってないってことは、やってる人間が少ないってことだろ。いいじゃないか。ありきたりじゃなくて。社長ってのは流行の逆《ぎゃく》を行かなきゃ」

専務《せんむ》の梶本芳乃《かじもとよしの》が眉《まゆ》をひそめる。

「社長、今の投稿《とうこう》、スカイダイビングがスカイダインビグになってますよ」

「あ、まちがった。あ――、ま、いっか……」

「そんなだから、まだ三十代だっていうのに年寄《としよ》り扱《あつか》いされるんですよ」

「うるさい。おまえだって修整《しゅうせい》しまくりの自撮《じど》り画像《がぞう》をのせて、開発部の女子たちに『お面屋・梶芳《かじよし》』ってかげで言われてるじゃないか」

梶本《かじもと》の目が鋭《するど》くなる。武田《たけだ》が手を挙げた。

「はいはい、そこまで。今回は、われら役員三人の慰安《いあん》旅行ですよ。仲良く労をねぎらい合いましょう」

梶本《かじもと》が息を吐《は》いた。

「この旅行、意味あるんですかね？」

会社には毎年若《わか》い人材が入ってくる。ゲーム業界の進歩は目覚ましい。木村《きむら》は社長であるにもかかわらず、最近はわからないことが増《ふ》えて、なんとなく居心地《いごこち》が悪い。

大学の同窓生《どうそうせい》で、会社の創業《そうぎょう》メンバーでもある武田《たけだ》と梶本《かじもと》も同じである。

三十八歳《さい》、最年長者である三人は、社内で「年寄《としよ》り扱《あつか》い」されている、気がしている。

そこで木村《きむら》が考え出したのが、取締役《とりしまりやく》三人だけのリゾート地の視察《しさつ》旅行だ。

「視《し》察《さつ》という名目で、会社の金を使っておいしいものを飲み食いし、青山《あおやま》たち若手《わかて》に、立場のちがいをわからせてやるんだ。オレたちに逆《さか》らったっていいことないぞ、って。社長ってのは、負けるわけにはいかないからな」

木《き》村《むら》はウイスキーのグラスをかたむける。武田《たけだ》が口を開いた。

「立場のちがいといっても、今はその青山《あおやま》くんたちのがんばりで儲《もう》かっているんですけどね。しかし、ここへ来た目的、この地方のフルーツを販売《はんばい》するネットショップを新しくつくるというのは、悪い話じゃない。ぜひとも成功させたいな」

「私《わたし》、もうゲームは無理。最近流行《はや》ってるゲーム、何がおもしろいのか全然わかんないし。おいしいものに関わる仕事がいいわ」

そう言って梶本《かじもと》はグラスをあおり、木村《きむら》はふたりに言った。

「さあ、そろそろ部屋に戻《もど》って寝《ね》よう。明日はスカイダイビングをネットで生配信して、オレらが旅行を満喫《まんきつ》しているところを社員たちに見せつけてやるんだからな」

ところが翌日《よくじつ》、梶本《かじもと》は寝坊《ねぼう》してスカイダイビングの予約時間に間に合わなかった。

木村《きむら》は残念そうに言った。

「オレの雄姿《ゆうし》を見損《みそこ》ねたな。バカなやつめ。武田《たけだ》、よろしく頼《たの》むわ」

武田《たけだ》はスカイダイビングの経験《けいけん》が豊富《ほうふ》で、インストラクターの資格《しかく》も保有《ほゆう》しているという。そんな武田《たけだ》に手伝ってもらって、木村《きむら》はジャンプスーツを着て、ハーネスを着用する。

「ありがとう武田《たけだ》。おまえがいると心強いな」

しかし木村《きむら》には、武田《たけだ》と梶本《かじもと》に話していない秘密《ひみつ》の作戦があった。

（パラシュートが開かない、という芝居《しばい》をしてやろう。それを生配信すれば、注目を集めることまちがいなしだ。武田《たけだ》もあせるにちがいない）

実は、木村《きむら》は最近、武田《たけだ》と梶本《かじもと》の仲がよすぎるのでは、と心配になっていた。ここそとふたりで話をしていることが多く、自分だけ仲間外れにされている気がするのだ。

(本当は梶本《かじもと》と武田《たけだ》のふたりの前で、落ちる芝居《しばい》をしてふたりの反応《はんのう》を見たかったのだが……まさか寝坊《ねぼう》とはな。帰ったら給料を下げてやろうか……)

考えごとをしていたら、すぐに小型《こがた》飛行機は上空三千五百メートルに達した。

「社長!」

武田《たけだ》の合図で木村《きむら》は、空に飛び出した。

ヘルメットに取りつけたウェアラブルカメラで動画配信を開始する。

木村《きむら》は身振《みぶ》りと表情《ひょうじょう》で、いい景色を楽しんでいることを表す。

(よし、このへんだ)

次に木村《きむら》は「パラシュートが開かない」という芝居《しばい》をはじめた。

カメラに向かって叫《さけ》ぶ。

「パラシュートが開かない! 予備《よび》のパラシュートもだ!」

強い風のせいで声が聞こえなくても「開かない」の口の動きはわかるだろう。

おどろく武田《たけだ》の顔を撮影《さつえい》しようと思って、木村《きむら》は上空を見た。

続けて降《お》りてきているはずの武田《たけだ》はいない。

「えっ？」

予定とちがう。何が起こったんだろう？

木村《きむら》は腕《うで》に装着《そうちゃく》していたスマートフォンをタップした。すぐに自社のチャットアプリが開くように準備《じゅんび》してあったが、見ると、重役三人用の通話グループで、武田《たけだ》と梶本《かじもと》がオンラインになっている。

開いてみると、ふたりが会話をしていた。

『計画通り！　メインも予備《よび》もパラシュートが開かないように細工しておいた。動画配信は今、千人が見ている。千人が事故《じこ》の目撃者《もくげきしゃ》だ！』

『バカな社長。目立ちたがり屋があだになったってわけね。私《わたし》の寝坊《ねぼう》が、アリバイづくりとも知らないで』

『ずっと三人で行動していると、オレたちが疑《うたが》われるからな』

『これで会社は私《わたし》たちのもの』

『社長をオレたちの結婚式《けっこんしき》に呼《よ》ばずに済《す》むな』

パラシュートが開かない芝居《しばい》で、木村《きむら》がふたりの忠誠心《ちゅうせいしん》を探《さぐ》ろうと考えていた時、同時に彼《かれ》らも、木村《きむら》のパラシュートが開かなくなるよう細工をしていたらしい。

「あのふたりが……」

木村《きむら》は「うわーっ」と叫《さけ》びながらカメラを投《な》げ捨《す》てて、予備《よび》のパラシュートを開いた。

数分後、草原に無事着地した。

「予備《よび》のパラシュートだけは自分でチェックし直しておいてよかった。やっぱり自分の命に関わることは自分で確認《かくにん》しなきゃな。この用心深さが社長業には必要なのさ」

武田《たけだ》たちはカメラの映像《えいぞう》を見て、カメラの落ちた地点に捜索《そうさく》に向かうだろう。そのすきに警察《けいさつ》に向かわなければ。木村《きむら》は草原を走った。

「オレは負けない。負けないぞ」

# 千人の目撃者《もくげきしゃ》 〜other side〜

そろそろ、社長のスカイダイビング生配信がはじまる時間だ。K社の若手《わかて》社員、青山《あおやま》はため息をつき、パソコン画面に配信サイトを開く。生配信につくコメントをチェックするためだ。原則《げんそく》、手を加えないが、わが社にとってマイナスのコメントがつけられた時には速《すみ》やかに反論《はんろん》して話の流れを変えるよう、木村《きむら》社長に指示《しじ》されている。

ったく、プログラム作成の仕事を何本も抱《かか》える自分が、なんでこんなことに時間を取られなきゃいけないんだ。

もっとも、設立《せつりつ》して数年のこの会社の、ほとんどの社員が青山《あおやま》と同じように若《わか》く、仕事をたくさん抱《かか》える精鋭《せいえい》だ。そうでないのは、木村《きむら》社長、武田《たけだ》副社長、梶本《かじもと》専務《せんむ》の三名くらいだ。彼《かれ》らは会社設立《せつりつ》メンバーだが、そのセンスも技術《ぎじゅつ》もすでに古い。この会社を実質《じっしつ》支《ささ》えているのは、青山《あおやま》たち若《わか》き精鋭《せいえい》だ。

あの重役三名はろくな仕事もせずに、会社の金を使って、今回みたいな豪遊《ごうゆう》ばかりしている。名目は慰安《いあん》旅行だったり、最先端企業見学《さいせんたんきぎょう》だったり、会社のイメージアップのための生配信だったり。だけど、社長たちが最先端技術《さいせんたんぎじゅつ》を持ち帰ってきたことはないし、生配信してイメージアップにつながっているとも思えない。慰安《いあん》が必要なほど働いてないのは言うまでもない。

今回もネットショップの新規開拓《しんきかいたく》とか理由をつけていたけれど、現地《げんち》で走りまわっているのは、青山《あおやま》の先輩《せんぱい》社員、沢田《さわだ》さんだ。語学堪能《たんのう》なばかりに事前調査《ちょうさ》を命じられ、まだ帰国していない。重役たちとちがって安宿での長期出張《しゅっちょう》だ。

胸《むね》の内で愚痴《ぐち》るうちに生配信がはじまった。視聴者《しちょうしゃ》約千人。コメントもつきはじめる。

〈見え見えのパフォーマンスが好きだよね、この社長〉

青山《あおやま》はニヤリとする。いいね、ネット住民は洞察力《どうさつりょく》が鋭《するど》いよ。

配信は続き、社長が落下、社長の声も入る。

～パラシュートが開かない！～

〈さっそく芝居《しばい》かよ〉

〈いや、急にマジ。スマホ見て、顔がひきつってるじゃん〉

〈そのスマホ画面、見たい〉

そのコメントが出た時には、青山《あおやま》はもう一台のパソコンで、自社の重役チャットをハッキングし、武田《たけだ》と梶本《かじもと》のやりとりに呆《あき》れている。うちの副社長と専務《せんむ》は思っていた以上にバカだ。そのふたりにだまされる社長もアホだ。

こんなやつらが重役だなんて不幸すぎる。いや、待てよ、これはチャンスか。

青山《あおやま》は、チャット画面のスクリーンショットを、コメント欄《らん》にUP《アップ》した。

……計画通り……バカな社長……会社は私《わたし》たちのもの……

すぐに喜《よろこ》びのコメントがつく。

〈神降臨《こうりん》!〉

一気にアクセス数が増《ふ》える。

生配信は、社長の叫《さけ》び声《ごえ》のあと、風景が反転しながら落下している映像《えいぞう》になる。

〈これ、カメラを投げてるわ、カメラだけが落ちている映像《えいぞう》だ〉

〈社長、自分で予備《よび》パラシュート用意してたね〉

社長の小細工なんて、かんたんに見破《みやぶ》られている。

〈チャットで犯行暴露《はんこうばくろ》のふたり、バカ？〉

〈社長に読ませたかったんだろ〉

〈通信記録を、警察《けいさつ》に押収《おうしゅう》されるとか、考えないわけ？〉

〈自社アプリのチャットだから、かんたんに編集《へんしゅう》・削除《さくじょ》できるんじゃね？〉と、青山《あおやま》は割《わ》り込《こ》んで、流れの方向をつくる。

〈じゃ、削除《さくじょ》されないうちに、拡散《かくさん》しとこー〉

ねらい通り、問題のスクリーンショットが、ネット世界に拡散《かくさん》されていく。

アクセス数もコメントも、ぐんぐんと増《ふ》えていく。

「木村《きむら》社長の中学時代の同級生」「武田《たけだ》の大学の後輩《こうはい》」「梶本《かじもと》の元親友」もコメントリストに現《あらわ》れ、木村《きむら》・武田《たけだ》・梶本《かじもと》の個人情報《こじんじょうほう》も次々《つぎつぎ》とＵＰ《アップ》、拡散《かくさん》されていく。こういう時に書かれるのは、たいてい悪い話だ。かげでいじめをするやつだったとか、カンニングと他人の論文《ろんぶん》のコピペだけで大学を卒業したとか、平気で人を裏切《うらぎ》る嘘《うそ》つき女だとか。
仮《かり》に擁護《ようご》するやつが現《あらわ》れても、パラシュートに細工して社長を殺《ころ》そうとしたことはもう隠《かく》せない。副社長と専務《せんむ》は失脚確定《しっきゃくかくてい》。社長の失脚《しっきゃく》にはもうひと押《お》し必要かな。

その時、同僚《どうりょう》が青山《あおやま》の名を呼《よ》んだ。

「青山《あおやま》さん、武田《たけだ》さんから緊急《きんきゅう》電話です。社長がパラシュート事故《じこ》で落下したって。カメラの映像《えいぞう》だけでは場所の特定に時間がかかるから、社長のスマホのGPS《ジーピーエス》の位置情報《じょうほう》を至急連絡《しきゅうれんらく》してくれって」

そう言いながら顔が笑っている。見渡《みわた》せば他のみんなも、にやにやしている。配信を見て同じことを考えた顔だ。青山《あおやま》は同僚《どうりょう》たちとうなずき合い、無言で確認《かくにん》する。

チャンスだよな。よし、三人でつぶし合ってもらおう。

今、あの三人が顔を合わせれば乱闘《らんとう》は確実《かくじつ》。〈社長〉対〈武田《たけだ》・梶本《かじもと》〉で、どちらも、どんな手を使っても相手に勝とうとするだろう。暴力沙汰《ぼうりょくざた》だ。社長が被害者《ひがいしゃ》ぶったとしても、会社の信用を傷《きず》つけた責任《せきにん》を取って辞《や》めてもらおう。そのあと残された若《わか》き精鋭《せいえい》たちが世間の注目を浴びつつ、同情《どうじょう》もされ、必死にいい仕事をして会社を立て直す。

うん、いいストーリーだ。

そう考えるうちにも、青山《あおやま》は社長のスマートフォンの位置情報《じょうほう》をつきとめ、武田《たけだ》に知らせる。せっかくだから、配信サイトのコメントにも載《の》せる。

〈木村《きむら》社長の現在地情報《げんざいちじょうほう》↓ココ〉

〈神！〉

ついでに、もうひとつコメントを入れ、視聴者《しちょうしゃ》の期待をあおる。

〈武田《たけだ》の知人です。木村《きむら》社長の現在地《げんざいち》を武田《たけだ》にも知らせてやりました〉

同僚《どうりょう》のひとり、梶本《かじもと》の部下がクッと笑い声をもらすと同時に、似《に》たコメントが現《あらわ》れる。

〈梶本《かじもと》の知人です。木村《きむら》社長の現在地《げんざいち》を梶本《かじもと》にも知らせてやりました〉

〈現地《げんち》です。ドローンカメラにて木村《きむら》社長を確認《かくにん》。ライブ開始〉

おおっ、と声があがる。配信サイトの視聴者《しちょうしゃ》も大喜《おおよろこ》びだ。

〈最高神、降臨《こうりん》！〉

ドローンカメラでの撮影《さつえい》は、現地調査《げんちちょうさ》に行かされている沢田先輩《さわだせんぱい》の趣味《しゅみ》だ。

ドローンカメラは空中から、走る社長の姿《すがた》を追い続ける。

〈神！　最高神！〉

視聴者《しちょうしゃ》は歓喜《かんき》し、青山《あおやま》たちの部屋では拍手《はくしゅ》があがる。アクセス数は増《ふ》え続《つづ》ける。

社長の前に、男が現《あらわ》れた。

〈武田《たけだ》かな？　確認《かくにん》、求む〉

〈会社サイトにあった武田《たけだ》の写真、UP《アップ》〉

写真UP《アップ》と同じタイミングで、ドローンカメラが男の顔をズームアップする。沢田先《さわだせん》、輩《ぱい》のドローン操作《そうさ》はプロ級だ。

〈やった、武田《たけだ》だ〉

〈梶本《かじもと》も早く来いよー〉

〈現場《げんば》近くにタクシーで乗りつけて、草原へ駆《か》け込《こ》んでいった女がいるよー〉

今や数万人の目撃者《もくげきしゃ》がいるとも知らず、木村《きむら》社長、武田《たけだ》、梶本《かじもと》の戦いがはじまる。

# お月見パーティーはグローバル

杏《あん》はキッズ英語教室の先生。今夜は自宅《じたく》に子どもたちを招《まね》いてお月見パーティーだ。

「ほら、カニ！」と、ソフィアが月を指さしている。

「あれは、水がめをかつぐ男女だよ」と、ロロ。

「ウサギのもちつきだってば！　あ、カニと水とおもちで、カニ鍋《なべ》する？」と、丸美《まるみ》。

杏《あん》は、初参加でかたくなっているニュルの口に、緑色の団子《だんご》を入れてやる。

「お月見団子《だんご》よ。普通《ふつう》は白と黄色だけれど、今回は三色団子《だんご》。緑色のは、春に摘《つ》んだヨモギの葉を、乾燥《かんそう》させて刻《きざ》んでまぜ込《こ》んだの。いい香《かお》りでしょ、日本の風習よ。月に見えるあのもようも、日本では『ウサギのもちつき』。でも国によって見方がちがうわ。お国柄《くにがら》っていうやつね。あらっニュルくん、どうしたの？　顔が真《ま》っ青《さお》……いいえ、真緑！」

# お月見パーティーはグローバル　～other side～

ニュルは遠い星からやってきた、「お月見ツアー」企画調査員《きかくちょうさいん》だ。

うまく地球人の子に化けて、お月見パーティーに参加した。

地球人が命を食べることは知っていたが、月を観賞《かんしょう》している時でさえ、食べる話ばかりで、気分が悪くなりそう。しかも、団子《だんご》とやらを無理やり口に押《お》し込《こ》まれた。

ニュルの星では、命を食べる習慣《しゅうかん》がない。太陽の光と水があれば、光合成で栄養をつくり生きていける。ニュル本来の姿《すがた》は、地球の草、特にヨモギと呼《よ》ばれる生物に似《に》ている。

葉をミイラ化して刻《きざ》む？　ああ、食い意地というのは恐《おそ》ろしい。

……そういえば、少し前に地球の調査《ちょうさ》を命じられて行方《ゆくえ》不明になった先輩《せんぱい》がいたっけ。仕事が嫌《いや》でトンズラしたと思っていたけれど……もしや口の中のこの団子《だんご》が……。

ひぃぃいいい。

# のぞみ

**【二十一時二十四分　発】**

**なつ〜〜東京《とうきょう》〜〜**


十二月二十四日クリスマスイブ、しかも金曜日だというのに私《わたし》はオフィスで残業中だ。

恋人《こいびと》の健太郎《けんたろう》は同じ会社に勤《つと》めているが転勤《てんきん》してしまい、月に一回しか会えない。

本来なら今日は、健太郎《けんたろう》が転勤先《てんきんさき》の大阪《おおさか》から東京《とうきょう》に来てくれるはずだったのに、二週間前にケンカして以来、音信不通だ。

考えていると腹《はら》が立ってきて、私《わたし》は書類を投げ出した。

「やっぱり今日、結論《けつろん》を出そう。クリスマスイブに別れ話も悪くないよね」

今は二十時半、東京《とうきょう》から新大阪《しんおおさか》行なら、二十一時過《す》ぎまで新幹線《しんかんせん》はある。

私《わたし》は新幹線《しんかんせん》のぞみ、二十一時二十四分発に飛び乗った。

## 健太郎《けんたろう》 ＝＝ 新大阪《しんおおさか》 ＝＝

去年の冬、ぼくは山に咲《さ》く、かれんな一輪の花と出会った。ひとめでその花のとりことなり、根ごと持ち帰り、ひとり暮《ぐ》らしの部屋で鉢植《はちう》えにした。「紫乃《しの》」と名をつけた。


一年が過《す》ぎ、ぼくは今、大阪《おおさか》のアパートでひとり暮《ぐ》らしをしている。

窓辺《まどべ》には鉢植《はちう》えの紫乃《しの》がいる。

今夜はクリスマスイブ。本当なら東京《とうきょう》へ行く予定だった。恋人《こいびと》としてつき合ってきた木下《きのした》なつと会うために。けれど、二週間前に状況《じょうきょう》が変わった。

それ以来、東京《とうきょう》へ行こうか、行くまいか、迷《まよ》っていた。

でも、やはり、木下《きのした》なつが必要だ。かわりはいない。

今、二十時半、まだ新大阪《しんおおさか》発・東京《とうきょう》行の新幹線《しんかんせん》に間に合う。急げ。

ぼくは新幹線《しんかんせん》のぞみ、二十一時二十四分発に飛び乗った。

## なつ 〜〜品川《しながわ》　二十一時三十分 〜〜

新幹線《しんかんせん》は混《こ》んでいた。

みんな楽しいクリスマスを過《す》ごすために移動《いどう》しているのかな？

私《わたし》は乗客を見ながら、健太郎《けんたろう》とつき合いはじめたころのことを思い出していた。

健太郎《けんたろう》からの猛烈《もうれつ》なアプローチでつき合いはじめたんだったな。

パソコンの使い方を教えてあげただけなのに、「頭がいいんですね」なんて言って、翌日《よくじつ》には「好きです、つき合ってください！」って言うんだもん、びっくりしちゃった。

私《わたし》のほうがちょっと年上だから、最初は何かのまちがいかと思った。でも「この間、見たい映画《えいが》の話で盛《も》り上《あ》がったでしょう。あの時から気が合う人だと思ってたんです」って。

私《わたし》も同じこと思ったんだ。

もう運命だよね。

## 健太郎《けんたろう》＝＝京都《きょうと》　二十一時三十七分＝＝

京都駅《きょうとえき》を車窓《しゃそう》から眺《なが》めつつ、ぼくは一年前を思い出していた。

山から持ち帰った紫乃《しの》は、しばらくすると、弱りはじめた。葉も花も元気がない。懸《けん》命《めい》に励《はげ》ましたら、澄《す》んだ、かわいい声が聞こえた。

「人の体を得《え》て、あなたと生きたい。あなたが手伝ってくれるなら、それが叶《かな》う」

なんだってすると答えたぼくに、紫乃《しの》は言った。

「条件《じょうけん》に合う女性《じょせい》を探《さが》して。清楚《せいそ》で凛《りん》としたササユリのような女性《じょせい》がいいわ」

ぼくは、会社の同僚《どうりょう》や知人の中から、清楚《せいそ》で凛《りん》とした女性《じょせい》を何人か探《さが》し出《だ》し、こっそり写真をとって、紫乃《しの》に見せた。

紫乃《しの》はその中から、木下《きのした》なつを選んだ。そして、なすべきことを、ぼくに教えた。

ぼくは紫乃《しの》のために、懸命《けんめい》になつにアタックした。映画《えいが》の趣味《しゅみ》が似《に》ていたのはラッキーだった。

## なつ ～～ 新横浜《しんよこはま》 二十一時四十一分 ～～

新横浜《しんよこはま》に着いた。まだまだ乗ってくる人ばかりで降《お》りる人はいない。乗客は増《ふ》える。

初めてのデートはもちろん映画《えいが》。

ふだんオフィスで「きれい系《けい》きちんとファッション」をしている私《わたし》が、休日は「ゆるふわ系《けい》ファッション」と知っておどろいてたっけ。

そのあと、カフェで映画《えいが》の感想を言い合ったのも楽しかった。

健太郎《けんたろう》、まだまだ緊張《きんちょう》してたっけ。時々《ときどき》会話が止まって、彼《かれ》がうつむいてしまうのも、私《わたし》のことを好きな証拠《しょうこ》のようでうれしく思えた。

かと思えば、突然私《とつぜんわたし》の髪《かみ》をさわったりして、びっくりした私《わたし》もしどろもどろになって、

今思えば、初々《ういうい》しかったな私《わたし》たち。

あのころに戻《もど》りたい。

## 健太郎《けんたろう》　＝＝　名古屋《なごや》　二十二時十一分　＝＝

名古屋《なごや》で空いた席に座《すわ》った。隣席《りんせき》の女性《じょせい》のピンク色のセーターが目に入り、なつとの初デートを思い出した。なつは、会社で見せるササユリのイメージとは正反対の格好《かっこう》をして来たんだ。やわらかなピンクでふわふわと頼《たよ》りなげで、スイートピーみたいだった。

それが本質《ほんしつ》ならば、ぼくが紫乃《しの》に伝えた情報《じょうほう》がまちがっていたことになる。舌打《したう》ちしたい気分になったけれど、もう変更《へんこう》はできなかった。

その日は、種を持っていた。紫乃《しの》の種だ。

「二十四時間以内に、なつの頭に植えつけて。でなければ、種も私《わたし》も命を失うわ」

そう言って、夜明けに、ぼくの手のひらに落とした、ひとつぶの種。

ひとつきりだ。失敗はできない。

なつの髪《かみ》に触《ふ》れるふりをして、種を髪《かみ》の間に落とした。

種は静かに頭皮にもぐっていった。痛《いた》みもないのだろう、なつは笑顔のままだった。

## なつ～～名古屋《なごや》　二十二時五十七分～～

名古屋《なごや》に着いた。降《お》りる人がちらほら。二十三時前だし、寝《ね》ている人も多い。

私《わたし》は健太郎《けんたろう》とつき合った日々《ひび》を、振《ふ》り返《かえ》り続けていた。

初デートのあと、三回デートした。

彼《かれ》は高校生の妹さんの勉強を見てあげているから、土日は十七時には帰らなくてはいけない。

十七時解散《かいさん》なんて中学生のデートのようで、ちょっと物足りない。ふたりでお酒も飲めやしない。でもそんな妹思いなところも好きだった。

三か月前、大阪転勤《おおさかてんきん》になって妹さんもさぞかしさびしい思いをしていることだろう。

## 健太郎《けんたろう》 ＝ 新横浜《しんよこはま》　二十三時二十七分 ＝

東京《とうきょう》に近づくにつれ、ぼくは再《ふたた》び迷《まよ》い出《だ》す。

紫乃《しの》は種を生んだあと、ますます弱っていった。もう花はなく、新たにつぼみができる様子もなく、葉もうなだれてきた。ぼくは毎日、水と栄養剤《えいようざい》と愛の言葉を与《あた》えた。

「もう少しだよ、がんばって。ぼくらの未来のために」

「ええ」と、紫乃《しの》はかわいい声で、けなげに答えた。

なつとの二回目のデートで、頭から芽が出ているのを確認《かくにん》した。三回目のデートでそっとなつの髪《かみ》をかき分け、芽が根づき、双葉《ふたば》が伸《の》びているのを見て、ほっとした。

芽も双葉《ふたば》も、ぼく以外のだれにも見えていないようだった。なつ自身も気づいていない。

紫乃《しの》は、ぼくがなつとデートすることにやきもちを焼いた。紫乃《しの》のためなのに。でもやきもちを焼かせるのはかわいそうだから、土日の夜は必ず部屋に帰って、紫乃《しの》と過《す》ごした。なつの頭に生まれる、人型《ひとがた》のつぼみのことを、語り合ったりした。

双葉《ふたば》が出てから約三か月で、つぼみが完成するという。必要なのは、なつの遺伝子《いでんし》と生命エネルギー、恋《こい》のエネルギー。そしてエネルギーをためて凝縮《ぎょうしゅく》するために、つぼみが密閉《みっぺい》されたままでいること。恋《こい》を秘密《ひみつ》にしておくことで、それが叶《かな》う。

なつの頭の双葉《ふたば》が育ち、茎《くき》の先に小さなつぼみが生まれると、紫乃《しの》はつぼみに、念を送るようになった。

（人の体が欲《ほ》しい、わたしの体、人に生まれ変わるための体……）

ちょうどそのころ、大阪《おおさか》へ転勤《てんきん》の辞令が出た。ぼくはツイている。遠距離恋愛《えんきょりれんあい》で、なつのぼくへの恋心《こいごころ》が濃《こ》くなり、つぼみにたまるエネルギーが高まるだろう。そのうえ、紫乃《しの》にやきもちを焼かせることも減《へ》る。

ぼくは紫乃《しの》と一緒《いっしょ》に、大阪《おおさか》のアパートへ引《ひ》っ越《こ》した。

秘密《ひみつ》の恋《こい》が固《かた》く閉《と》ざされたつぼみをつくり、紫乃《しの》の念がそれを人型《ひとがた》にし、遠距離恋愛《えんきょりれんあい》が濃厚《のうこう》なエネルギーとなってつぼみを育てた。

## なつ 〜京都《きょうと》 二十三時三十一分〜

近未来的な雰囲気《ふんいき》がして大好きな京都駅《きょうとえき》も夜だと、よく見えない。残念だ。

京都《きょうと》を出れば十分程度《ていど》で新大阪《しんおおさか》だ。

緊張《きんちょう》してきたな。

今回のケンカは、私《わたし》が社内の友人に私《わたし》たちがつき合ってることを話したのが原因《げんいん》だ。

男の人は隠《かく》したがるというけれど、あんなに怒《おこ》らなくてもいいのに。

私《わたし》だってだれ彼《かれ》なく話したわけじゃない。親友の純子《じゅんこ》だからいいかな、と思ったのに。

でも社内恋愛《れんあい》で信用をなくすと、大阪《おおさか》から東京《とうきょう》に戻《もど》ってきづらくなるかもしれないし。将来《しょうらい》、結婚《けっこん》して東京《とうきょう》で生活しようと思ったら慎重《しんちょう》になるかな。

あ……結婚《けっこん》？　もしかして？　結婚《けっこん》を考えていたからあんなに怒《おこ》ったのかな？

## 健太郎《けんたろう》 ＝＝ 品川《しながわ》 二十三時三十八分 ＝＝

もうすぐ終着、東京駅《とうきょうえき》だ。迷《まよ》いは深くなり、ぼくの心は揺《ゆ》れ動《うご》く。紫乃《しの》か、なつか。なつには、ぼくとのつき合いを秘密《ひみつ》にするよう言ってあった。クリスマスイブに、つぼみのエネルギーが最高潮《さいこうちょう》になるよう盛《も》り上《あ》げ、その夜につぼみを採《と》る予定だった。採《と》ったつぼみを紫乃《しの》の葉に抱《だ》かせてやれば、紫乃《しの》の精気《せいき》が人型《ひとがた》のつぼみとひとつになり、紫乃《しの》が人として生まれ変わる……はずだった。けれど、なつは秘密《ひみつ》にすることができなかった。あと少しだったのに。

つぼみは開いてしまった。

大切なつぼみが東京《とうきょう》で咲《さ》いてしまったことを、同じ瞬間《しゅんかん》に、大阪《おおさか》のぼくの部屋で紫乃《しの》は感じ取った。紫乃《しの》は悲鳴をあげた。初めはかぼそく、だんだん甲高《かんだか》く、そして低い怒声《どせい》へと。丸まっていた葉が開いていく。タンポポのように円盤状《えんばんじょう》に葉が重なっている。が、紫乃《しの》はタンポポではない。ぼくはもう、紫乃《しの》がなんという植物なのか知っている。

## 【二十三時四十五分　着】

### なつ～～新《しん》大《おお》阪《さか》　二十三時四十五分～～

終点だから、みんな降《お》りる。乗客の波に押《お》されながら、私《わたし》は決めた。

健《けん》太《た》郎《ろう》が、私《わたし》との将来《しょうらい》を考えて怒《おこ》ったんなら今回のことは謝《あやま》ろう。私《わたし》が悪かった。真《ま》面《じ》目《め》な健《けん》太《た》郎《ろう》のことだもの、結《けっ》婚《こん》について真《しん》剣《けん》に考えていたから、慎《しん》重《ちょう》に行動したかったのだろう。

私《わたし》は新《しん》幹《かん》線《せん》を降《お》りて、地下鉄に乗り、彼《かれ》のアパートに向かった。

前回大《おお》阪《さか》に来た時は、まだ片《かた》づいていないと言われ、アパートの中には入っていない。

アパートに着いてインターホンを押《お》す。返事はない。

「まだ帰ってないの？　……ん？」

部屋の中で、何やらザザ、ザザッと音がする。

私《わたし》は思わずドアノブに手をかけ、まわしてみた。

## 健太郎《けんたろう》 ＝＝ 東京《とうきょう》 二十三時四十五分 ＝＝

着いてしまった。ふらりと立ち上がったぼくを、乗客の波が新幹線《しんかんせん》から押《お》し出《だ》す。

紫乃《しの》は、山でぼくと出会った時、葉を内に巻《ま》いていた。ぼくには、奥《おく》ゆかしいはじらいに見えた。本当は、葉の内側に虫が張《は》りついているのを隠《かく》したのだろう。

その後、ぼくはネットで調べ、紫乃《しの》が「ムシトリスミレ」の一種だと知った。花はスミレに似《に》て、円盤状《えんばんじょう》に何枚《なんまい》も重ね広げた葉の粘膜《ねんまく》で虫を捕《とら》え、その栄養を吸収《きゅうしゅう》する。

一緒《いっしょ》に暮《く》らすようになっても、葉は丸まったままだった。そんな態度《たいど》も、かわいいと思った。ぼくのいない時には、葉を広げ、虫を捕《と》っていたのかもしれないけれど。

つぼみが開いたあの夜、紫乃《しの》は豹変《ひょうへん》した。根も葉も大きく膨《ふく》れ上《あ》がり、植木鉢《うえきばち》はこっぱみじんに砕《くだ》けた。出会った時の数十倍の大きさになった。

翌日《よくじつ》、特大の植木鉢《うえきばち》に植えかえ、部屋の真ん中に置いた。ずっと与《あた》えていた栄養剤《えいようざい》の効果《こうか》が今ごろ出たのか、紫乃《しの》の怒《いか》りのパワーか、人を包《つつ》み込《こ》めるほどの大きさの葉が円《えん》盤状《ばんじょう》に何枚《なんまい》も重なり、緑色の巨大《きょだい》なバラの花が開いたようにも見えた。

紫乃《しの》は部屋いっぱいに広げた葉に粘膜《ねんまく》を光らせ、でも声だけは変わらずかわいらしく、「なつを食って人の体を得《え》る、もうその方法しかないの」と言う。

「こうなったのは、健太郎《けんたろう》がわたしを山から離《はな》したせい。つぼみを採《と》りそこなったせい。大切な種をムダにしたせい。何もかも健太郎《けんたろう》のせい。責任《せきにん》を取って」と、責《せ》める。

だからぼくは東京《とうきょう》に、なつを迎《むか》えにきた。けれど今、正気を取《と》り戻《もど》した。きっと、あの部屋には、紫乃《しの》の吐《は》く毒気《どくけ》が充満《じゅうまん》していたのだろう。それを吸《す》って、ぼくはおかしくなっていた。冷静になった今ならわかる。紫乃《しの》は変わってしまった。人食い植物となったあれをぼくが愛せるはずもない。一緒《いっしょ》にいたら、狂《くる》ってしまう。縁《えん》を切ろう。

ムシトリスミレは乾燥《かんそう》に弱い。一週間も水をやらなければ枯《か》れてしまうだろう。

なつがひとり暮《ぐ》らしをするマンションに着いた。なつの笑顔が目に浮《う》かぶ。利用しようと近づいたぼくをまったく疑《うたが》わず、いつだって楽しそうに笑ってくれた。会社で見せるきりりとした顔とはちがう、ぼくだけに見せてくれたかわいらしい笑顔。

インターホンを押《お》す。早くあの笑顔に会いたい。まず、謝《あやま》らなきゃな。ふたりのつき合いを秘密《ひみつ》にさせたことも、友人にばらしたと怒《おこ》ったことも。それから、すてきなクリスマスを過《す》ごして……プロポーズしよう。

なつはまだ出てこない。すねているのかな。ぼくはインターホンのレンズに想《おも》いをこめた瞳《ひとみ》を向け、再度《さいど》インターホンを押《お》す。

……そういえば、大阪《おおさか》のアパートのドアの鍵《かぎ》は閉《し》めてきたっけか。

# リバース執筆裏話《しっぴつうらばなし》

私《わたし》は作家S。同じく作家のHとふたりで本を出すことになった。

タイトルは『リバース』。ひとりが書いたショートショートを「表」として、もうひとりがその「裏《うら》」のストーリーを書く。

たがいに原稿《げんこう》を送り合い、私《わたし》はHの奇抜《きばつ》なストーリーにおどろいた。才能《さいのう》か。それとも何かコツがあるのだろうか。才能《さいのう》ならば指をくわえて見ているしかないけれど、コツならばぜひ聞き出したい。コツと努力を積み重ねて、才能《さいのう》に対抗《たいこう》するのだ。

私《わたし》はさっそくHを食事に誘《さそ》った。おいしいものを食べている時、人は口が軽くなる。まずいものではダメだ。これは私《わたし》が習得《しゅうとく》したコツのひとつ。

と書いておきながら、食事の当日、私《わたし》は料理が並《なら》ぶより先に、尋《たず》ねていた。

「ねぇねぇ、こんな奇抜《きばつ》なストーリー、どうやったら思いつけるの？」

「あやしげな店でちゃぶ台を手に入れ、奥義《おうぎ》『ちゃぶ台返し』の技《わざ》を習得《しゅうとく》したの」

そういえば、前々《まえまえ》から、Hはその手の古道具屋が好きだったたっけ。

「ちゃぶ台って、昭和の家庭にあった、丸くて低いテーブル？」

「そ、あれ。まず、ちゃぶ台を畳《たたみ》にセッティングする。次に、途中《とちゅう》まで書けた原稿《げんこう》をプリントアウトして一字ずつ切《き》り離《はな》し、ちゃぶ台の上に並《なら》べる。それから、ちゃぶ台のふちに手をかけ、『オチッ』と叫《さけ》びながら、勢《いきお》いよくひっくり返す。文字の紙吹雪《かみふぶき》がゆっくりと畳《たたみ》に落ちた時、それは整然と並《なら》び、書きかけストーリーの『まさか！　なオチ』ができているってわけ。ちゃぶ台を高く飛ばすほど、まさか！　の度合いが高くなる気がする」

「畳《たたみ》じゃないとダメなの？」

「うん、フローリングでもためしたけれど、イマイチ、決まらない。裏《うら》ストーリーを書く時は、表ストーリーの原稿《げんこう》をプリントアウトして一字ずつ切《き》り離《はな》してちゃぶ台に並《なら》べて、『ウラッ』と叫《さけ》びながらちゃぶ台返し。ちゃぶ台を高く飛ばすほど奇想天外《きそうてんがい》な裏《うら》になる」

「いいなぁ、それ」

「ちゃぶ台に並《なら》べられる文字数に限《かぎ》りがあるからショートショートしかつくれないけどね。あと、プリントした原稿《げんこう》を一字ずつ切《き》り離《はな》すのと、できあがったストーリーを書き写すのが面倒《めんどう》くさい。それでも、ストーリーを思いつけず一日を終えるむなしさに比《くら》べれば百倍マシ」

「わかるわ〜。そういう日に限《かぎ》って、担当編集者《たんとうへんしゅうしゃ》から進行確認《かくにん》の電話が入るしね」

Hに店の場所を教えてもらい、翌日《よくじつ》、私《わたし》もさっそく行ってみた。

「オチのある話や、裏話《うらばなし》を書けるちゃぶ台、ください」

「そいつはもう売れちまった。店にあるのはすべて一点ものでね」と店主。

がっかりして涙《なみだ》ぐむ私《わたし》に、店主がショーケースから何か取り出して見せた。

「作家さんなら、これもおすすめだよ。締《し》め切《き》りタイマーウォッチ。タイマーをスタートさせればいつでも、締《し》め切《き》り前の切迫感《せっぱくかん》・火事場のバカ力《ちから》・集中力を発揮《はっき》させられる」

もちろん買った。見た目は、体育の先生が使っているようなタイマーウォッチだ。家に帰ってさっそく使ってみた。なるほど、追いつめられ感、半端《はんぱ》なく、集中力アップせずにはいられない。しかし、書き終えたあとの疲労感《ひろうかん》も半端《はんぱ》ない。

そうだ、Hのちゃぶ台と交換《こうかん》してもらおう。

またまたおいしい食事にHを呼《よ》び出《だ》し、タイマーウォッチを見せて、

「ね、交換《こうかん》して。あなたは若《わか》いんだから疲労感《ひろうかん》なんてないわよ」

無事、ちゃぶ台を手に入れた。

『リバース』は完成、続編《ぞくへん》を期待し、ちゃぶ台返しの技《わざ》を（より高くひっくり返せるよう）磨《みが》く私《わたし》の元に、Hの新刊情報《しんかんじょうほう》が届《とど》いた。ショートショートだけでなく、長編《ちょうへん》も発行し、このあとも何冊《なんさつ》も予定があるらしい。いったい、いつのまにそんなに原稿《げんこう》を……とおどろき、気がついた。締《し》め切《き》りタイマーウォッチが、『リバース』やショートショートだけでなく、いろんなジャンル、長編《ちょうへん》にも使えることに。使いこなす体力さえあれば。

## リバース執筆《しっぴつ》裏話《うらばなし》 ～other side～

私《わたし》は文芸担当《たんとう》の編集者《へんしゅうしゃ》。

テレビドラマや映画《えいが》になるような小説を世に送り出すのが夢《ゆめ》だけれど、まだまだ私《わたし》の担当《たんとう》した本たちは、ヒットのヒの字も打っていない。

そのうえ、今はちょっと面倒《めんどう》な企画《きかく》を抱《かか》えていて、胃《い》の痛《いた》い毎日を送っている。

ふたりで一冊《さつ》の本を書く、というもので、ふだん仲良しだとかいうふたりの作家が、企画《きかく》を持《も》ち込《こ》んできたのだけど、このふたりが、なかなか物語を書き上げない。

最初に設定《せってい》した締《し》め切《き》りは、二か月前だった。次の締《し》め切《き》りは先月。とうとう三回目に設定《せってい》した締《し》め切《き》りが来週に迫《せま》っている。

腹立《はらだ》たしいのは毎回の、作家たちの言《い》い訳《わけ》が下手《へた》なところだ。

「先日裏庭《うらにわ》を掘《ほ》ってみたら前方後円墳《ぜんぽうこうえんふん》を発見した。調査《ちょうさ》のために原稿《げんこう》が遅《おく》れる」

この作家はマンション住まいのはず。

「作家はカムフラージュのためやっている。本業はスパイで、今は任務《にんむ》で忙《いそが》しい」

こちらは、もはや何を言っているのかわからない。

来週もまたこんな言《い》い訳《わけ》メールがくるのだろうか。

頭を抱《かか》えながら電車を降《お》りて自宅《じたく》に向かっていると、歩道の脇《わき》でおじいさんがうずくまっていた。

「大丈夫《だいじょうぶ》ですか？　救急車《きゅうきゅうしゃ》呼《よ》びますか!?」

「あ、いや、転んだだけです。ありがとう」

真っ白なあごひげがフサフサしたおじいさんは、幸い体に異常《いじょう》はないようだった。

それでもしばらく休んだほうがいいかと思って、私《わたし》は自動販売機《じどうはんばいき》であたたかいお茶をふたつ買い、ふたりでベンチに座《すわ》った。

通りすがりの知らない人、という油断《ゆだん》からか、私《わたし》は仕事の愚痴《ぐち》をこぼしたくなった。

おじいさんは聞き上手《じょうず》で、少し話しはじめると止まらなくなり、どんどん愚痴《ぐち》ってしまった。謝《あやま》る私《わたし》に、おじいさんは笑いかけてくれた。

「あなたのような親切な人はそういません。私《わたし》は昔、仙人《せんにん》の里で修行《しゅぎょう》をしたことがあります。助けてくれたお礼にあなたの力になりましょう」

おじいさんは自分の服の中に手を入れて、箱を三つ取り出した。

「この『仙人《せんにん》の箱』を差し上げます。欲《ほ》しいものを心にイメージしながら開けると、それが現《あらわ》れます」

私《わたし》はさっそくオチのあるショートショートを書けるものを願った。出てきたのはちゃぶ台。

私《わたし》はそのちゃぶ台を、作家Hがよく行く店に置いてもらった。

次は、時間を守れるもの。タイマーウォッチが出てきた。

これも作家Sの元に届《とど》くように手配した。

おかげで本は完成し、それなりに売れたので、後日、続編《ぞくへん》の出版《しゅっぱん》が決まった。

しかし久《ひさ》しぶりに会ったふたりは、またまた書けない作家になっていた。

「執筆《しっぴつ》作業って、飽《あ》きるのよねぇ……」

「どんな道具があってもダメな人たちなんですね！」

「どうして道具のこと知ってるの？」

「あっ、しまった」

観念した私《わたし》は、仙人《せんにん》だというおじいさんの話をした。

「……というわけで、願い通りのものが出てくる箱はあとひとつです」

私《わたし》が言うと、作家たちは怒《おこ》った。

「もったいない。七億円って願えばよかったのに！」

「もっといい使い方があったはず！　最後のひとつは三人で考えよう！」

三人で話し合い「何を書いてもおもしろくなるペン」をお願いすることに決まった。

私《わたし》は箱に念じた。

「だれが読んでもおもしろいものが書ける道具をください！」

出てきたのは黒、青、赤の三色ペン。

「あれ？　これ書けないよ」

「貸《か》して。ん？　黒いペン、普通《ふつう》に書けるよ」

「私《わたし》が書いても、インク出ません。あれ？　青と黒はダメだけど、赤なら書ける……」

ためしたところ三人それぞれ、作家Sは青いペン、作家Hは黒いペン、そして私《わたし》は赤いペンだけ書くことができた。

三人とも他の色を使ってもインクが出ない。

「私《わたし》が赤ということは……もしかして……」

どうやらこれは、三人一組で作品をつくる道具らしい。

作家Sがちゃぶ台と青いペンを使ってプロット※をつくり、作家Hがタイマーウォッチにせかされながら黒いペンで文章を書き、私《わたし》が赤いペンで修正《しゅうせい》を入れる。

三人とも、普通《ふつう》のペンを使った時より、頭がさえて能力《のうりょく》がぐんとアップした。

できあがった原稿《げんこう》を編集長《へんしゅうちょう》に見せてみる。

「これは、抱腹絶倒《ほうふくぜっとう》の大傑作《だいけっさく》だ！　すぐに出版《しゅっぱん》しよう!!」

※小説や映画《えいが》などの物語のあらすじ。

出版《しゅっぱん》してみると、みるみるうちに売上ランキング一位になって、SNS《エスエヌエス》でも話題の的だ。

この三色ペンを使えば大人《おとな》から子どもまで、みんながおもしろいと絶賛《ぜっさん》する本ができあがる。

私《わたし》たち三人チームのつくった本は、大ヒットをくり返し、毎回ベストセラーになった。

「さすが、何を書いてもおもしろくなるペンだ！」

「だれが読んでもおもしろい！」

「だけど……困《こま》りましたね」

問題がひとつあった。

ドラマや映画《えいが》になった時、まったくおもしろくない、と酷評《こくひょう》される点だ。

「だれが読んでもおもしろいんだけどなぁ。読まないとおもしろくないんだなぁ」

「今時、メディア化できないなんて……」

「本を書き続けるしかありませんね」

私《わたし》たちは今日も交代で三色ペンを握《にぎ》っている。

● 作 者

**染谷 果子**（そめや・かこ）

和歌山県出身。著書に「ラストで君は『まさか!』と言う」シリーズ（PHP研究所）、「あやしの保健室」シリーズ、『あわい』『ときじくもち』（以上、小峰書店）など。作風は、ファンタジーをめざしている。が、なぜか、ファンタジーを書いたつもりがホラーに分類されることも多い。

**萩原 弓佳**（はぎわら・ゆか）

大阪府出身。2016年、『せなかのともだち』（PHP研究所）でデビュー。同作で第28回ひろすけ童話賞受賞。他に『しんぶんのタバー』（PHP研究所）、「読解力と語彙力を鍛える!　なぞ解きストーリードリル」シリーズ（ナツメ社）がある。日本児童文芸家協会会員。

● イラストレーター

**456**（しごろ）

「日常と非日常の間」をコンセプトにイラストを制作している。書籍の装画、CDジャケット、キャラクターデザインを手がけるなど、幅広く活躍中。代表作は、日本マクドナルドの2019年グラコロCMキャラクターデザイン、装画を担当した『幽霊たちの不在証明』（宝島社）など。

装丁・本文デザイン・DTP　根本綾子（Karon）
校正　みね工房
編集制作　株式会社童夢

5分間ノンストップショートストーリー
**リバース**
**逆転、裏切り、予想外の「もうひとつの物語」**

---

2020年7月2日　第1版第1刷発行
2023年4月24日　第1版第3刷発行

著　者　　染谷果子、萩原弓佳
発行者　　永田貴之
発行所　　株式会社PHP研究所
東京本部　〒135-8137　江東区豊洲5-6-52
児童書出版部　TEL 03-3520-9635（編集）
普及部　TEL 03-3520-9630（販売）
京都本部　〒601-8411　京都市南区西九条北ノ内町11
PHP INTERFACE https://www.php.co.jp/
印刷所
製本所　　凸版印刷株式会社

---


ISBN978-4-569-78937-8


NDC913　191P　20cm